母をたずねて、異世界に。

～実はこっちが故郷らしいので、再会した家族と幸せになります～

Author
藤原 祐
Illustrator
しの

森の中、木々に囲まれた空間、
葉擦れの音に混じって遠くから聞こえる
鳥かなにかの声。
たぶんひとりじゃ不気味で怖くて
歩けもしなかっただろう。
「それがお前と一緒だと、
のどかで落ち着く光景になるんだ」
「わふう」

第一章 ✡ 天涯孤独になったので

1

父が死んだ。

事故だった。

運が悪かった。仕事からの帰り道。僕が志望大学に受かり、そのお祝いで食事に行こうと約束していた日だった。きっとうきうきしながら帰宅してくれていたのだろう——なのにオートバイに撥《は》ねられて、あっけなく。

父ひとり子ひとりのささやかな家庭は、決して不幸ではなかった。母親がいないことで不便はあったし、寂しい思いをしたことも多い。けれど父さんは母のいない家庭の空白を補ってあまりあるほど、僕に愛情を注いでくれていた。

いい父親だったんだ、本当に。

だから悲しいとかショックだとか、そういう言葉で表せないほど僕は憔悴《しょうすい》した。報《しら》せを受けて病院に行き――葬式が終わるまで、なんだかぼんやりとしていたと思う。飼い犬のショコラ（雄、シベリアンハスキーとなんかの雑種、もう老犬）の世話をしていたことだけは覚えている。僕が子供の頃からずっと一緒の、三匹《にん》めの家族。ショコラの世話をすることで、僕は正気を保っていた気がする。

諸々《もろもろ》の手続きは隣に住む老夫婦――樋口《ひぐち》のお爺《じい》さんとお婆《ばあ》さんに手伝ってもらった。

なにせ僕には親戚がいない。父は両親を早くに亡くしていたし、母に至っては素性も知らず顔写真すら残っていないのだ。どうも僕が四歳だか五歳だかの頃に失踪してしまったらしい。物心はついていたはずだがよく覚えていないし、父からも多くを聞いていない。お前が成人したら詳しく話す、みたいなことを昔、言っていた気がする。

父いわく――いいか、翠《すい》。

母さんはお前のことを愛していた。もちろん父さんのこともだ。

俺たちと一緒に暮らしていないのは、のっぴきならない事情があるんだ。俺たちを、お前を捨てた訳じゃない。絶対にない。

今でも母さんは、俺たち波多野《はたの》家の一員だ。

どうかそれだけは、知っておいてくれ――。

正直、母に対して思うところはあまりない。

小学生の時分などは母親のいる家に憧れたことはあるし、父子家庭をからかってくるようなクラスメイトもいた。ただ、そこで恨みに思ったり恋しがったりするほど、僕は母を知らない。

父さんが死んだことを知ったらどう思うんだろうな。というか、生きてるんだったら知らせた方がいいのかな。でも連絡先なんて誰もわからないしな。

親戚のひとりすらいないみたいだし、仕方ないか。

そういう訳で、遺産はすべて僕が相続することになった。

ちなみに事故を起こしたバイクの運転手は、父を撥ねたついでに電柱にぶつかって、そのまま空を舞い頭から落ちて死んだ。

本当に申し訳ないのだけど、安堵《あんど》してしまった自分がいる。だってもし生きていたら、きっと恨んで憎んでどうしようもない気持ちになってしまっただろうから。

賠償を含めたご遺族との話し合いはまだなにも済んでいない。ただ向こうもひとり息子を喪《うしな》ったそうで、あまり責める気にもなれない。善良な人だったらしい。暴走とか飲酒運転とかでもない。だから運が悪かっただけ。それでいいじゃないか――それでいいと思わなければ、僕はどうにかなってしまう。

ともあれ、いろんな手続きを（樋口のお爺さんとお婆さんに手伝ってもらいながら）終わらせて三日。

父さんが死んでも明日は毎日やってくるという事実を改めて自覚できる程度に頭がしゃっきりしてきた僕は、家にある遺品を整理していた。

歯ブラシや食器なんかの日用品――まだ手を付けることができそうにない。

衣服や趣味の品――まとめて段ボールに詰めた。

けっこうな額の貯《た》まっている通帳――大学には行けそうだ、ありがとう。

父宛に来ていた年賀状――通夜と葬式の報せに役立った。

仕事関係の書類――これは全部まとめて会社の人に渡さなきゃ。

でもってこの封筒は――開いて、首を傾《かし》げる。

土地の権利書だった。それから、鍵とメモ書き。

権利書の住所は同県内、だけど遠い。ここから電車とバスを乗り継いでいかないと着かないような辺鄙《へんぴ》な場所だ――とそこまで考えて、あれ？　と思う。

どうして僕はこの場所へ、電車とバスを乗り継いでいくことを知っているんだ。

メモ書きを見る。父さんの手によるもの。丁寧で妙にまるっこい、いいおっさんには似合わない可愛《かわい》らしい癖字。父の字を見ただけで勝手に滲《にじ》みそうになる視界は、それでも文字をきっちりと読む。

『次の大掃除　3月』

「大掃除……？」

どうも父は定期的にこの住所へ『大掃除』に行っていたらしい。しかも『次』は三月——今月を予定していたようだ。

封筒に入っていた鍵をためつすがめつしながら、自問する。

「とすると、建物がある……家？」

美術館とか公民館とか、そういうなんらかの施設という可能性もあるが、何故《なぜ》かそう思った。

家だ、と。

どうしてそんなことが確信できるんだろう。わからない。わからないけどわかる。きっと、絶対に、そうだ。

大掃除をしていたのであれば他人に貸していた訳ではないだろう。

賃貸契約書も見当たらない。

だったら、空き家ということになる。

「……行ってみよう」

僕は権利書を手につぶやいた。

高校も既に卒業し、今は大学の入学式まで暇を持て余しているところだし。

父さんのやり残したことを、僕が引き継がなきゃな。

†

それから二日後。

僕は権利書に記されてあった住所のある町へと降り立った。

「長旅お疲れさん、ショコラ」

「わう！」

大型のケージから出してリードをハーネスに繋《つな》ぐと、ショコラは嬉《うれ》しそうに尻尾を振り、僕の手をべろんべろん舐《な》めてくる。

「さすがにタクシーだとけっこうお金かかっちゃったな」

「わう……」

「なんだ？　お前が気にすることじゃないって」

「くぅん」

通じているはずもない会話をしながらショコラを撫《な》でる。

そう――僕は今回、飼い犬《こいつ》を連れていくことにしたのだ。

最初は、電車とバスを乗り継いで行こうと思った。ショコラのことはお隣かペットホテルに預けて面倒を見てもらって。

けれどショコラはもう老犬だ。僕が物心ついたのと同じ頃に我が家に来たらしいから、確か十三歳くらい。年齢的にいつそうなっても——考えたくはない。

僕は、できるだけたくさんの時をこいつと一緒に過ごしたいと思った。たとえ数日であっても、最後の家族と離れたくなかった。

ペット同伴サービスをやってるタクシーを調べて、そこにお願いすることにした。シベリアンハスキーの雑種であるショコラは図体《ずうたい》がでかい。電車やバスには乗せられなかったのだ。大型のケージに加えてタクシー代と、けっこうな金額が吹っ飛んでいったが、まあ通帳に余裕はあるしよしとしよう。

タクシーを停《と》めてもらったのは最寄駅《もよりえき》。頼もしき地図アプリの案内によるとそこから歩いて一時間ほどのようだ。現地まで直接行ってもよかったが、ショコラにとって車はつらい（犬はけっこう車酔いをする）。狭いケージでじっとしていた分、運動もしたいだろう——ということで、駅から歩くことにしたのだ。

「それにしてもお前はほんとに元気だな」

「わおん！」

ショコラはリードをぐいぐい引いてくる。十三歳のお爺さんにしては元気いっぱいだ。普段の散歩もアホみたいに連れ回される。本当にお爺さんなのかと疑いたくなるほどで、僕はその元気さに救われる思いがする。

それに、めちゃくちゃ賢いんだよね。聞き分けがいいし、父さんが死んだ時もまるで僕を慰めるように静かに傍《そば》にいてくれた。お前も悲しかっただろうにな。ひょっとしたら、僕を手のかかる弟くらいに思っているのかもしれない。

いつかこいつまでいなくなる日が――やめろ、考えたくないんだから。

「わう？」

「なんでもないよ」

頭を押さえて首を振りつつ、スマホの案内に従って道を歩く。駅の時点で既に辺鄙《へんぴ》だったが、道を進むにつれて人も建物も少なくなっていく。時折、現地の人とすれ違うと、見たことのないやつだな、みたいな目を向けられる。他所《よそ》からきた人が珍しがられるくらいに田舎。

家屋が減って田園が増え、山道へと入ると畑すらなくなっていく。坂道は道路もアスファルトからセメントへ、やがて砂利へ、最後には土へ。狭く曲がりくねっていて、車がようやく一台通れるかどうか。

「もはや辺境だな。熊とか出たらどうしよう」

「がう！」

「はは、お前が守ってくれるのか？　……無茶するなよ」

「ぐるう……」

「電波が届いてるのが救いか」

４Ｇでアンテナ一本だけど、さすがに大丈夫だろう。

歩き続けてほてってきた身体《からだ》に、三月の寒さが心地いい。画面に表示された地図にはもはや分かれ道もなく、景色を楽しむ余裕もある――まあ山中の景色なので鬱蒼《うっそう》としていて、見晴らしがいいとかではないけれども。

やがて、山道を進むこと小一時間。

「スマホの表示に騙《だま》された……こいつは山の傾斜を考慮してない……」

「わう」

曲がりくねった先の道が開け、僕らはようやく。

目的の『家』へと、たどり着いた。

2

案外ふつうで拍子抜け。

それが、その家を見た時の感想だった。

ろくに舗装もされていない山道をひたすら、木々に囲まれながらのぼってきた。地図上は山の中腹、地図アプリの航空写真は緑一色。こんなところに建っている家なのだから、きっと年季の入った平屋建てとか茅葺《かやぶ》き屋根の合掌造りとか、そういうのなんだろうと想像していた。

それがどうしたことでしょう。門を潜って目の前にあるのはありふれた洋風家屋――僕の住んでいる家とほとんど変わりなく、うちの住宅街に並んでいたとしても違和感のないものだったのだ。

二階建てで、ベランダもある。庭もそこそこの広さ。森の木々を家の周りだけ切り取ったようにぽっかりと、コンクリート製の塀で四角く仕切られていた。庭の一画は畑になっている。今は短い雑草がまばらに生えているが、鍬《くわ》を入れれば使えそうだ。

畑の奥には家とは別個に倉庫らしきもの。中になにが入っているのかはわからないけど、たぶん農具とかだろう。

「まあ、倉庫はあとまわしか」

「わん！」

ひとりごちる――のはちょっと虚《むな》しいのでショコラに話しかける。ショコラはしっかり返事をしてくれる。かしこい。会話になっているのかはともかく。

「家の中を確認してくるから、ここで待っててくれるか？」

「わう」

リードを括《くく》り付《つ》けられるような柱が見当たらなかったので、少し迷ったがハーネスを外す。ショコラは聞き分けよくおすわりをした。

「庭から出ちゃダメだぞ」

「わおん！」

頭から胴体までをひとしきりわしゃわしゃしてから、鍵を取り出した。

鍵穴に差し込み、回す。

――瞬間。

ずくん、と。

「……っ!?」


僕の身体を、なにかが駆け抜けた。


電流のような、水のような、風のような――熱のような。

鍵を通して家から伝わってきたのか、それとも僕の身体から湧いて鍵を通して家に伝わっていったのか、出所がわからないほどの奔流。

家の周辺にまで、そのなにかが広がっていき大気を震わせたかのような錯覚まであった。

「わん！　わんわんわん!!」

ショコラが背後でけたたましく吠《ほ》え始めた。ショコラにも伝わった？　大気が震えたように感じられたのは錯覚じゃなかった？　いやまさかそんな。

「わんわん！　わんっ！」

「大丈夫、大丈夫だよショコラ」

いつの間にか僕の足元まできて、身体をすり寄せてくれていたショコラ。

撫でて落ち着かせる。

「なんともない……よな？」

五指を握ったり開いたりしてみた。頭を振る。うん、異常は感じられない。

むしろ妙に全身がすっきりした心持ちさえある。山道を歩いてのぼってきた疲れが、消えてなくなったような。背負った荷物が急に軽くなった気もする。ショコラの折りたたみケージがあるから、かなり重いはずなのに。

「くぅーん」

「ごめんな心配させて。……大丈夫だから、庭で待っててくれるか？」

「ぐるるる」

唸《うな》られた。離れないぞという強い意志を感じる。普段なら「めっ！」と叱るところだが、

「仕方ない。一緒に入るか」

「わう」

父さんが死んだ日から、僕はどうにもショコラに甘くなってしまっている。

リュックを下ろし——やっぱりリュックがすごく軽く感じる。気のせいだと思うけど……ウェットティッシュを取り出して、ショコラの足を丁寧に拭く。

少し緊張しながら玄関のノブを握った。

さっきみたいなことはなにもなく、ドアは抵抗なく開く。

中も外見から想像する通りの、ごくごく普通の洋風家屋だ。

玄関には靴箱。

靴箱の上には花瓶、さすがに花は挿さっていない。

玄関から続くのは板張りの廊下。両手にそれぞれドアがあって、片方は居間、もう片方は客間か。廊下の先には二階へ続く階段と、それから奥にはおそらく洗面所。

すごくありふれた様式だ。建て売りといえば誰にもイメージできるような、フィクションでもよく見るような『洋風の住宅』の間取り。

だからこの時点では気付かなかった——僕の胸に満ちてくる強烈な既視感に。

気付いたのは。

リュックを玄関先に置いたまま靴を脱いで家にあがり——廊下を進み、右手のドアを開け、居間に足を踏み入れた時だった。

「え……なんだ、これ」

間取りは普通だ。

奥にキッチンがあって、手前にテーブルとソファーがあって。

カーテンの閉められた縁側は庭に面していて。

けれど、その意匠。その家具、その空気。

キッチンの造り、テーブルの色と形、ソファーの材質、壁紙の模様、カーテンの柄、それらの組み合わせ。

僕は知っている。

初めて入ったはずの家なのに、見知らぬ居間なのに、見たことがある。

来たことがある？

いやそれどころか、住——ことが——？

胸を襲うのは懐かしさ。

帰ってきた、というふざけた感覚。

「いや、でも……」

もしかして子供の頃、本当に来たことが、住んだことがある？

別荘としてこの家を使っていたとか？

でもそんな記憶はない。今までなかった。なかったはずだ。

なのに目は居間の風景とともに面影を追う。

ああ昔と同じだ、なんて気持ちが勝手に心を支配する。

——そうだ、むかしのとおりだ。

キッチンカウンターにある傷。

[redacted]が[redacted]時に魔[redacted]を[redacted]した。

壁の汚れ。

僕と[redacted]が[redacted]で落[redacted]き[redacted]、寸前で[redacted]。

L字型のソファー。

[redacted]の時の並びは短い方に父[redacted]ん、長い方に僕と[redacted]、それと[redacted]レ[redacted]。

縁側のカーテン。

よく巻きついて遊んだ。[redacted]の時にも使った。[redacted]ンの足が出ていた。まるわかりだよと[redacted]った。

カーテンを開け、縁側に続く掃き出し窓を開ける。

さっき横切った庭なのに、見える景色は記憶と混じって全然違っていた。

ああそうだ。

この庭でよく遊んだ。

庭を駆け回る、まだ子[redacted]の[redacted]ョ[redacted]ラ。

ショ[redacted]ラを追いかけたり追いかけられたりする、僕とカ[redacted]。

そして僕らを見守ってくれる、まだ若かった父さんと――[redacted]さん。

けれど沈み込んでいた心が、浮かび上がってくる記憶が出逢《であ》う寸前。

「わん！　わん!!　わおおっ!!!」

ショコラのけたたましい警告めいた吠え声に、僕の心は引っ張り上げられる。思い出しかけていた記憶《もの》は再び手の届かない深くに隠れてしまい、そうして我に返った僕の両目は、庭の先、つまり僕らがやってきた門の方を見る。

「…………は？」

本当に僕は我に返ったのかと問いたくなるような光景が、そこにあった。

コンクリートブロックの塀。

たぶん高さは一メートルとちょっと。僕の背よりもだいぶ低かったのは確かだが、それでもお腹《なか》くらいまではあったはず。

だから、おかしいんだ。

塀越しにトカゲがこっちを見ているのは。

長い首と、肩まで見えるほどの大きさをしている。

首は妙に長い。胴体はやけにでかい。

手はなくて、その代わりに肩から翼が生えている。

いやこれトカゲと違う。お前のようなトカゲがいるか。

「ひ……どっ、どどどどどどどど」

ぺたんとその場にへたり込みながら、唇が震える。

ドラゴン。
竜。
ワイバーン。

アニメとかゲームでよく見る、あれ。

体高ざっと三メートル以上はあろうかという巨体が、爬《は》虫類《ちゅうるい》特有の不気味な目でこっちを見ている。

「い、いやうそだろ冗談だろなにこれ」

だっておかしい、どう考えても。

僕は自宅からタクシーでこの町まで来て、二時間かけて歩いて山を登っていった。山道に入る前は現地の住人たちもいた。ごくごく普通のおじさんおばさんたちだった。田んぼはまだ水が入ってなかったけど、用水路にザリガニとかウシガエルとかがいて、興味を示すショコラをやめなさいと叱って、山道では小鳥のさえずりとかが聞こえて。今いる家だって、ポツンと一軒家状態ではあるけど、外見も内装もごくごく普通の、たぶん建て売りな洋風住宅で——。

なのに門の前には、塀越しにこっちを覗《のぞ》き込むドラゴン。

「わけが、わからない……」

つぶやきが虚しく、か細く漏れる。

誰かのいたずらだろうか。でも着ぐるみにはまったく見えない。VR？　メタバース内のCG？　いつの間にかメタバースの住人になっていた？　そんな覚えはまったくない。

隣でショコラが身を屈《かが》め、ドラゴンを睨《にら》みつけながらぐるるるると喉を鳴らしていた。牙を剝《む》いて威嚇している。わあ勇敢。主人は見習えないです。

たまらずぎゅっと、腕を回してショコラに抱きつく。その体温が、柔らかい毛並みが、犬くささが、夢や幻覚ではないことを教えてくれる。

つまりやっぱり――あのドラゴンっぽいのは、あそこに実在しているのだ。

「落ち着け……落ち着け」

まずは落ち着いて掃き出し窓を閉めよう。でもってカーテンも。

それから落ち着いて、いや落ち着いてって何回自分に言い聞かせればいいんだぜんぜん落ち着けてない。

警察を呼ぶ？　呼んでどうする？　自衛隊？　どうやって呼ぶんだ。わからん。なんにせよどこかと連絡したい。僕以外の人間の声が聞きたい。そういえばスマホはどこやったっけ。ポケットの中にない。テーブルの上に何気なく置いた？　いやスマホは後だ。まずはそう、掃き出し窓を閉めて――。

ぎょろり、と。

ドラゴンがこっちを見て、

「がガきィぎリるルるるルるルルるるるゥうう!!」

まるでガラスを引《ひ》っ掻《か》きながら鉄を破くような。

この世のものとは思えない咆哮《ほうこう》が、森に響き渡った。

視線はこちらを見据えていて、もうなにをどう好意的に判断しても、この家を——僕らを標的に定めたとしか思えない。

せめて家の奥に退避しないといけない。けれど身体は強張《こわば》ってしまっていて、その硬直が解けるよりも早くドラゴンは行動を開始した。

ばさりと翼をはためかせ、ふわりと宙に浮く。あんな巨体がどうやって飛んでいるんだろう、物理法則どうなってんだと考える暇もなく、そいつはあっという間に十数メートルほども上空へ舞い上がる。

そして猛禽《もうきん》類が獲物を奪うように——この家、ひいては僕らに向かって突っ込んできた。

「ショコラ……！」

僕は腕の中の愛犬を庇《かば》おうとした。気持ちだけはそうしようと。けれどすべては刹那だった。

できたのは、ほんの少しだけ背を丸めることだけで——もうだめだ、間に合わな——、
ばちこーん！

と。

今まで生きてきた中で聞いたことのないような音とともに。

「え……？」

ドラゴンの体躯が、見えない壁に衝突して跳ね返される。

一瞬遅れて、「ギぃイいいア！」と、さっきの咆哮とは別種の、どこか情けない悲鳴。

見えない壁に鼻先をしたたかに打ちつけたドラゴンは、なんだか形容しがたい格好で、背後の森、木々に受け止められる。葉の激しく揺れる音と、枝のぶち折れる音と、幹が軋《きし》む音が重なった。

「なん、だ……いまの」

ショコラを抱きしめていた腕の力が緩む。呆然《ぼうぜん》として惨状のあとを眺める。

縁側から目視する限り、家の門やブロック塀は無事だ。あれだけの衝撃なら普通は崩落くらいしているだろう。なのに傷ひとつないということは、

「家の周りに、結界みたいなのがある……？」

結界、というといかにもマンガやアニメみたいだが、そもそもドラゴンがそうなのだからもうそう呼んでしまっていいだろう。

とはいえだからといってどうすればいいのかと問われれば、相変わらずさっぱりだ。少なく

とも命の危険、猶予時間は延びた。だったらここからの最適行動はなんなのか。

ドラゴンの生死を確かめた方がいいのか？

それとも家の中に隠れるべきか。地下室とかあったりしないだろうか。

あるいは反対側から塀を乗り越え、できるだけ遠くに逃げるべきか。

なんにせよまずは掃き出し窓とカーテンを閉めよう、そう思い、震える脚に喝を入れて立ちあがろうとする。

だけど非現実的な現実は、僕の必死な行動を待ってはくれない。

「が……ルルルぃるる」

門の前方、折れた枝葉を押し上げながら、再びそいつが鎌首をもたげる。回復が早すぎる！

視線がこちらへ向いている。まだ諦めてはいない。さっきの見えない壁がまた防いでくれるかもしれないが、理屈もわからない現象を人は奇跡と呼ぶのだ。そして奇跡が二度三度と起きることに己の命を賭けたくはない。

「行こうショコラ！　まずは家の奥に……」

「わうっ!!」

愛犬のそのひと吠えはしかし、僕に対する肯定ではなかった。

僕の腕から、柔らかな毛並みがすり抜ける——家の奥へではなく、庭へ、門へ。

ドラゴンへと向かって。

「ショ……コ、ラ？」

待て。待って。

違う、そっちじゃない。

僕は一緒に逃げようって言ったんだ。隠れようって。

なのにどうしてお前は、ドラゴンと戦おうとしているんだ。

僕を守るため？

無理なのに。

威嚇すら通じるはずがない。

それに、お前はもうおじいちゃんだろ。

不思議なくらい元気だけど、本当ならよぼよぼで、だから、これからは僕がお前を守ってやらなきゃいけないんだ。

だってそうだろう。

子供の頃からずっと、僕を守ってくれてたんだから。

小学校低学年の頃。自転車を買ってもらって、調子に乗って遠くまで遊びに行って、道に迷って。泣いている僕を捜しだしてくれたのはお前だった。父さんを連れて匂いを頼りに、見事に僕のところまで辿《たど》り着《つ》いてくれた。

　風邪をひいて寝込んでいる時、父さんが仕事でいなくて寂しくて。お前は僕の部屋の前から動かずにいてくれて。弱々しい声でショコラって呼んだら、それを聞き逃さずに、わん、って吠え返してくれて。

　テストの点が悪かった時。友達と喧嘩《けんか》してしまった日。父さんが死んだ時だって。悲しいことや落ち込むことがあると、すぐに察して僕に寄り添ってくれた。

　お■さんとカ■■がいなくなった時も——お前はまだ子犬だったのに、お前だって、寂しくて悲しかったはずなのに。こっちの世■に取り残されて不安だったはずなのに。僕を気遣って、僕のために、元気に吠えて。散歩に行こうって、リードをくわえて持ってきて——。

　手を伸ばす。

　追いかけようと腰をあげて、靴下のまま庭に出る。もつれる足で転びそうになりながら、それでもショコラを追いかけて、止めようと走る。

「やめろ、戻れ!!!」

　僕の絶叫を背に、ショコラは——。

　ドラゴンの出現よりも見えない結界よりも、信じられないことが起きた。

鎌首をもたげて咆哮しようとするドラゴン。

翼を躍動させ、再び飛びあがろうとするよりも早く。

ショコラが、門の手前で一気に加速する。

閃光《せんこう》のように、矢のように。

ショコラは跳躍した。突進、と言っていい。

その身体はドラゴンの鎌首——頭だけでショコラの身体と同じくらいある——へと肉薄すると、すれ違いざまに、
斬《ザン》、と鋭い音を響かせて。

ドラゴンの首が、両断された。

頭部がぼろりと落ちる。

巨躯《きょく》の動きが止まる。

おそらくは首が長いせいだろう、断面から血が噴き出るよりも前に。

ゆっくりと後ろ向きに、倒れていって——再び木々に受け止められ、枝折れと葉擦れとともに、斃《たお》れる。

数秒ののち。

しゅたっ、と。

庭に再び降り立った、もふもふの身体。

見慣れた黒と銀の毛並みは一滴の返り血すら浴びておらず、そのままこちらへと駆け寄ってきて、

「わん！」

これでもう大丈夫だよ、と。

迷子の僕を迎えにきてくれた時と同じ調子で、吠えた。

「しょこ、ら……ショコラあっ……!!」

僕は叫びながら駆け寄り、ショコラに縋《すが》りつく。

明らかにおかしい速度の疾走と跳躍力も、丸太みたいな首を一刀両断にしてのけたその力も、今はどうだっていい。

「よかった……よかった、よかったよお……」

命が助かった安堵と、僕を守ってくれたんだという嬉しさと、そしてなによりも家族が無事にいてくれたという喜びで、僕はショコラを抱きしめながら、泣きじゃくった。

ぶんぶんと嬉しそうに振られる尻尾が、涙で霞《かす》んで見えた。

インタールード　王立魔道院　境界融蝕現象研究局

異変が起きた時、観測部の当直職員は昼休みに入る寸前だった。

ソルクス王国。

王立魔道院――境界融蝕《ゆうしょく》現象研究局。

測定水晶《クリスタル》の変色に伴い、通知装置がけたたましく警鐘《アラート》を鳴らす。夫の作ってくれたお弁当を片手にうきうきと部屋を出ようとした彼女は、ぎょっとした後しばしぽかーんと口を開け、数秒後には大慌ての顔となる。

「き……きちゃあああ！」

喉から漏れた悲鳴は意図してはいなかったがあちらの流行り言葉《ミーム》で、果たしてそれは偶然のものであったのか。

ともあれ彼女は弁当籠を抱えたまま踵《きびす》を返し測定水晶《クリスタル》に駆け寄ると、魔力盤を覗き込みながら脇から垂れ下がっている紐《ひも》をぐいぐい引っ張る。紐の繋がった装置は観測部から研究局全体に向けての緊急通達。魔力盤の回路は既に現象発生位置を特定しているようで、机に置かれた地図に墨《インク》を走らせ始める。

そうこうしているうちに、警報を聞きつけた職員たちが駆け込んできた。

いずれも他部署、しかも高官のお歴々である。その顔ぶれが事態の喫緊さを物語っている。

「アラートは事実か？　訓練や誤報ではなく？」

うんざりした顔で問うのは壮年の男。

「訓練ではありません！」

背を向けたまま返す当直の女性。

「では誤報ではないのか？」

「言葉に注意したまえ」

なおも否定しようとした壮年男性を制したのは、駆けつけたうちのひとり、神経質そうな青年男性。

「この装置を作成したのがどなたかお忘れか、経理部部長」

「しかしだな……」

「我らが局長の手ずからお作りになった装置だ。誤作動などあり得ない」

言いながら青年の視線はあくまで装置へと向けられている。

「……それとも貴殿は、『鹿《しか》撃《う》ち』の位《くらい》たる天鈴《てんれい》の魔女が人生を懸けたと断言するその仕事を、否定するつもりか？　この観測部の鐘が鳴った以上、たとえ寸毫《すんごう》であろうとも、以降の手順《マニュアル》を遅らせることは決して許されない。遅れれば王国が滅ぼされるぞ」

「大袈裟《おおげさ》な！　それに王国を滅ぼすなどと不敬も……」

「その不敬が問われないからこその『鹿撃ち』位《い》だろう。社交に夢中で本意を忘れたか。穏やかに壁の花となっている宴席《パーティー》での姿を見慣れて、なにか勘違いしているのではないかね？」

「お小言はその辺に、監査部部長」

背後から静かに声を発したのは副局長——老年の男性である。

「疑うべきは計器の故障ではなく人的過誤《ヒューマンエラー》。だが少なくとも観測部においてのそれは、せいぜいが紐の引き間違いしかありません。計器がこうして動いている以上、それもあり得ない。ならばこれは……」

副局長はひと呼吸を置き、宣言する。

「十三年ぶりの——境界融蝕現象です」

この場における実質的な最高権力者の言葉に、全員の身体が強張った。

老人は冷厳に滔々《とうとう》と、観測室に声を響き渡らせる。

「これはかのお方が待ち望み、万策を備え尽くしてきた福音の時。発生報告の通知は自動的に局長にも行っているはずですが、念のために副次用の通信水晶《クリスタル》でも連絡を。もちろん出張中の特別顧問にもです。局長がいらっしゃるまでには各所に通達し、各種準備を整えておきなさい。なによりも騎士団は旅装の上で待機。万国のどこにでも今すぐ出師できるよう」

指示を告げ、それでもやはり副局長の視線は、他の部長たちと同様、動作する装置とそれを見守る女性職員の背中へと向けられていた。

そして研究局の高官たちに環視されながら、彼女は機器の動作終了を確認する。

振り返り、唇を噛《か》むと深刻な面持ちで告げた。

「位置座標、出力完了しました。王国内です。ですがこれは……」

部屋に集っていた全員が機器の前、世界地図の広げられた長机《デスク》へと集う。墨《インク》によって記された座標を見ると、全員が一様に女性と同じ表情になった。

「北東グレゴルム地方……『虚《うろ》の森』の深奥部」

誰かが、喉を鳴らしながらつぶやく。

「よりによってここか……変異種どもの跋扈《ばっこ》する前人未到の魔境」

それを皮切りに、高官たちから次々と溢《あふ》れてくる怨嗟《えんさ》と悲嘆。

「どうするんだ？　騎士団を送り込むのか？　自殺行為だろう」

「冒険者ギルドですら開拓を断念したような場所だぞ」

「国軍はどうだ……いや、動かせても果たしてやれるかどうか」

「エルフはどうだ。『虚の森』にも集落があると聞く」

「それでも表層部だろう。地図が差しているのは深奥だぞ」

「……この際、エルフ国《アルフヘイム》に協力を要請するしかあるまい」

「国際問題にするのか？」

「いや、特別顧問殿の伝手《つて》でなんとかなるだろう。彼女も局長と志を同じくしている」

「そうだ、局長だ。あの人ならこの場所にも……」

「できるのか？　今まで幾度となく陛下から調査を依頼されても袖にしてきたと聞くが」

「理由がなかっただけだろう。理由があれば、局長が変異種ごときに後《おく》れを取ることはない」

「それは貴様の希望的観測に過ぎん！　私は客観的事実としての疑問を発しておる！　天鈴の魔女と褒めそやされてはいても、実力のほどを直《じか》に見たものがどれだけいるか……」

「貴様、いみじくも当局の局員に連なる者が局長を愚弄するか！」

観測室が喧喧囂囂《けんけんごうごう》とし始める。事態はそれほどまでに悪い。『虚の森』は王国どころかこの世界きっての危険地帯――その深奥部ともなれば、大軍を用いたとしてもひとりが生きて辿り着けるかすら怪しいのだ。

せっかく、異界と扉が繋がったというのに。

だが混乱する高官たちの背後、観測室の入り口付近から。


「――どいてくれる？」


あくまで静かな、それでいて柔らかい、なのに有無を言わさぬ圧力を持った声が、それまでの喧騒《けんそう》を一瞬で止める。

全員が息を呑《の》み、振り返った。

女性がひとり、そこに立っている。

髪は白銀。光に灰をまぶしたような輝きが、緩やかに結われて両肩に垂れる。

瞳は菫《すみれ》。照々たる赫《あか》と底知れぬ蒼《あお》が織りなす紫色の瞳とは、炎と氷、溶岩と大海、終わりと始まり、つまり世界の両極を統べる『天鈴の魔眼』たる証。

そして身に纏《まと》うのは、漆黒の外套《マント》ととんがり帽――『魔女』の称号を与えられた者にしか許されない至高の装束。

極致の魔力により不老を得た肉体は、瑞々《みずみず》しくも蠱惑《こわく》的に、外套の隙間から艶《あで》やかな肌を垣間見せながら、おののきに割れていく人々を一顧だにせず、部屋の中央、地図の広げられたデスクへと歩んでいく。

覗き込み、座標を確認し、彼女は頷《うなず》いた。

「なるほど」

老爺《ろうや》――王立魔導院、境界融蝕現象研究局副局長は、人混みから一歩出て、地図に視線を落とす上司へと請う。

「局長……ヴィオレ様、指示を」

女性―― 王立魔導院、境界融蝕現象研究局局長にして『天鈴の魔女』こと、ヴィオレ＝エラ＝ミュカレ＝ハタノは。

顔を上げ、振り返り、薄く微笑《ほほえ》んで告げる。

「私とカレンのふたりで行きます。彼女は近くにいるから先行させましょう。支援物資や人員はすべて森の南端……シデラ村に。必要となるかはわかりませんが、もし必要となった時に間に合っていなければ意味はないわ。だから、なるはやでお願い」

「了解《は》っ……！」

その場にいた全員が一斉に跪《ひざまず》く。

まるでなにかに魅入られるかのように、なにかに屈するかのように。

†

マントを翻し、観測室を後にする魔女。

その唇から小さなつぶやきが洩《も》れたことに、副局長の老爺だけが気付いていた。

「必ず会いに行く……待ってて」

第二章 ✡ どうやらここは異世界らしい

1

「うん、異世界だこれ」

ひとしきり泣きじゃくった後、おっかなびっくりドラゴンの死体を調べた。

それから家の周囲の植生と、更には自分のスマホも。

――結論。

ここは現代日本ではない。

自分でもなにを言っているのかと正直思うが、首ちょんぱされたドラゴンの死体の生々しさや地面にどくどく溢れている血のにおい、加えてさっきまではまったく生えてなかった見たことのない形の木々と草花。おまけにここへ来る際に通ったはずの山道はどこにもなく、極め付けは圏外と成り果ててしまった己のスマホ――以上の状況を鑑みるに、僕の知識と想像力の及ぶ範囲で結論付けるなら、もうそれしかない。

僕とショコラは、この家（正確には庭と塀の周辺を含めた範囲）ごと、異世界転移したのだ。

異世界転生とか転移とか、その手のフィクションが好きなクラスメイトがいたから、お薦めされて実際に幾つか読んだことがある。中には自宅とか裏山ごと異世界に行くものもあった。

おそらくこれは、同じものだと思う。

いやたとえ二次元ではありふれていても現実で起きる訳がないだろともうひとりの自分が盛大につっこんではくるのだが、それでもだ。

ドラゴンの死体と意味わからん草木が目の前にある以上、これは実際に僕らの身に起きていることなのだという前提で行動するべきで、かつ、いま決してやってはいけないのは『こんなの嘘《うそ》だ、幻覚だ』と闇雲に山を下りようとして道に迷うことである。

錯乱してそれをしないため、落ち着いて行動するため——僕の心に最も都合のよいのが『異世界転移しました』なのだった。

尻尾を振るショコラの背を撫でながら語りかける。

「お前のあの訳わからん強さとか家の結界も、ひとまずは異世界パワーってことにしとこう」

「わう！」

またドラゴンが襲ってきたとして、同じ対処ができるかはわからない。そこは果てしなく不安だが、それでも怯《おび》えて膝を抱えている訳にはいくまい。

とはいえ開けっぱなしは怖いので、縁側に続く掃き出し窓とカーテンは閉める。まずは家の中を探索、確認してみましょうかね。

　では最も大事なインフラから。

「……電気は通ってない、か」

　電灯のスイッチをパチパチしてみるがうんともすんとも。

　これは予想していた。父さんの遺《のこ》した通帳にはどれも、この家の光熱費が引き落とされている形跡がなかったからだ（ここへ来る前に調べていた）。つまり転移とは関係なく、そもそも電力会社との契約が成されていない。おそらくはガスもだろう。

　では水道はどうかというと、なんとびっくりこれは出た。水道局と契約していないのに水が出るということは、山水でも引いているのかな――水道管とか地下とかどうなってるんだろう。

　そういえば家ごと転移する話だと生活基盤がチートで完備されてたな、などと思う。水道はこれだろうか。だったら電気も通っていて欲しかった。

　結果、電気ガス水道という生活基盤のうち使えるのは水道のみ。しかも山水だとしたらそのまま飲むのはちょっと怖い。

　絶望的な気持ちになりつつ、それでも一縷《いちる》の希望をかけて家捜《やさが》しを開始する。数分後、僕は亡き父への感謝で咽《むせ》び泣《な》くこととなった。

「ふおおおおお！　神かよ父さん！　僕は神の子だった!!」

居間の奥、キッチンの戸棚。

加えて洗面所の隣にあった物置部屋。

そこにはペットボトルの水と、缶詰などの各種携帯食料が山のように積まれてあったのだ。

賞味期限を確認する。どうも備蓄として定期的に入れ替えていたらしく、全然いける。中にはパックご飯とか、お湯が必要なものもあるが——キッチンにライターがあったのでそこはなんとかなりそう。

「ひとまず一カ月くらいは飢え死にしなさそうだ」

「わう！」

なんと備蓄にはドッグフードもあった。しかもショコラが好きなやつ。父さんはいずれ僕らをここに連れてくることも考えていたんだろうか。電気が来ていないとはいえ家はしっかりした洋風家屋だし、豪華なキャンプと思えば楽しめたかもしれない。

そんなことを考えながら、続いて二階へ赴く。

階段をのぼった先には洗面所とトイレ、それから部屋が四つ。

ひとつめ、一番奥の右。ドアの大きさが違っていたから予想していた通り、物置部屋だった。掃除用具をはじめとしたなんやかんやが押し込められている。埃《ほこり》っぽいし確認は後でいいか。

その手前は寝室——というより、ベッドがひとつ置かれただけの部屋だ。クローゼットも空っぽで、ほんとにベッド以外はなにもない、って感じ。ただ寝具は整えられていて、シーツに汚れはない。よし、当面の寝床は確保できた。

続いて調べようとした左手前の部屋は、ドアに鍵がかかっていた。玄関に使ったやつは形状が違う。この家を探せばどこかにあるのだろうか？　まあ、ひとまず置いておこう。

そして最後、左手奥。物置の向かい側にある部屋は——ノブを回すと、開く。

書斎だった。

机と本棚のみで構成された、いかにも書斎って感じの書斎。

机の上にはペン立てと卓上ライト。電気も来てないのに卓上ライト？　と思ったが、それをいうならすべての部屋には電灯があるし、まあそこは置いておこう。

引き出しを調べてみるが目ぼしいものは入っていない。父さんはここをどんなふうに使っていたのだろう。

本棚を眺める。

ハードカバーの百科事典がまず目に付く。その下はエンタメ系。源氏物語だのシェイクスピアだのの古典が多く、変わったものではビートルズのバンドスコアなんかもあった。

それから建築入門だの機械工学入門だのの、初心者向けのものがずらりと並ぶ。『日常で使える科学・化学』とか『家庭で役立つ医学』、『発酵のすすめ』『サバイバル入門』とかまで。

「どんな趣味なんだよ……」

これらを集めた人——まあほぼ間違いなく父さんなんだけど——の目的がわからない。まるで手当たり次第に知識を求めるかのような、あるいはなにかの資料のような。

謎すぎる、と首を傾げる中。

趣の明らかに違う一冊が目に付いた。

背表紙になにも書かれていない、ナイロンの透明カバーが巻かれたもの。

「これ……アルバム？」

取り出して開く。

そこには家族の、つまり僕と父さん、それからショコラの写真が貼られていた。

時期は、僕が六歳の頃――小学校の入学式から始まっている。

小学校の門の前で記念写真としてお決まりの構図。真新しいランドセルを背負った僕と、その横で腰を屈める父さん。そしてそれとほぼ同じように、今度は家の前でショコラを加えての一枚。

そこから運動会、授業参観、はては普段の食事の様子。僕とショコラが遊んでいるだけのものもある。撮影者はほとんどが父さんで、だから本人が写っているのは行事とか旅行とかの節目ごと、第三者にシャッターを切ってもらったものだけだ。

やがて僕が小学生から中学生となり、高校生、今の僕へと近付いていく。それでも写真の数はあまり減らない。代わりに減っていくのは僕のカメラ目線だ。正直、自分でも覚えがない。いつの間に撮られていたんだろう。

そういえばよくスマホのカメラを構えていたな、と思い出す。

食事の時には必ず一枚ぱしゃりとやっていた。食べたものの記録でもつけているのかと思っていたけど、まさか僕も写っていたなんて。

父さんが遺したものとの思わぬ邂逅《かいこう》に胸がじんとする。ただ同時に、なんでこんなところ——山奥の家にアルバム仕舞ってたんだ、とも思う。

そもそもデータ保存とかじゃなくてちゃんとプリントアウトしてまとめているのも妙だ。いや普通の家庭ではやっているのかもしれないけど、少なくとも僕らの暮らしていたあっちの家には、こういうのは一冊もなかった。

疑問に首を傾げ、ひょっとして僕に見られるのが恥ずかしかったのかな、などと思いつつ。僕はアルバムを再び閉じて書斎を後にする。

ひと通り家捜しは終わった。次は——庭も調べなきゃね。

2

庭にあった目ぼしいものは四つ。

畑、井戸、ボイラー、そして倉庫だ。

まずは畑。雑草が生えているものの背も低く茂りもまばら。たぶん父さんが定期的に手入れしていたんだと思う。使えはするはずだが、植えるものがないためひとまず保留。

それから井戸。畑のために掘られたものだろうか。ポンプ式で——動かしてみると、一応は透明な水が出てきた。

家の裏手には湯沸かし用のボイラーがあった。薪を焚《く》べるタイプのもので、これでお風呂に入れるし煮沸もできるかもと喜びかけたものの、どうもそもそもの稼働に電気が必要らしく。

がっかり。

「ままならないなあ」

「くぅん」

心配げにこちらを見上げてくるショコラを撫でつつ、弱気になるなと思い直す。少なくとも缶詰や飲料水はあるのだ。調べられるところをすべて調べて、どれだけのことができるかを確かめて、生きていくための算段を整えなければ。

「まあ、倉庫にいいものがあると信じよう」

家の横、畑の奥に建てられたプレハブの前に立つ。

出入り口はサッシの引き戸で、窓部分は梨地のいわゆる型板ガラス。戸の下側にファスナーロックが付けられていて開《ひら》くことができず、もちろん鍵もない。

家の二階にあった部屋と同様の『開かずの間』となっていたが——、

「こっちはさすがに、どうにかして開けたいな」

戸をがたがたと揺らしてみるが、揺れるだけ。ドアレールの上で開閉を阻んでいるファスナーロックも、見てくれは弱っちそうだが、さすがに鍵だけあって簡単には壊せそうにない。

しゃがみ込んで観察しつつ、ガラス窓を割るしかないかもと頭を悩ませていると、

「わん！　くぅん……」

「ん、どうした？」

ショコラがしきりに、僕のアウターの裾をくわえて引っ張ってくる。

「どけって言ってるのか？」

「わう」

首を傾げて立ち上がり、一歩下がる。

すると入れ替わるように、ショコラが僕の前に割り込んできた。

くんくんとにおいを嗅ぐ動作で、鼻面をファスナーロックへ近付ける。

そのまま口をわずかに開けると、噛みつき、軽く首を振って。

ばきん。

こともなげに——まるで小枝でも折るように。

ショコラが、ファスナーロックを破壊した。

「え……？」

力任せに折りとったみたいな哀れな金属片となったロックを、ショコラはぺいっと吐き捨て

る。そして僕を見上げて得意げに「わん！」と吠えた。

「え、えええええ!?」

僕は仰天し、ショコラの頭を両手でがっしとつかむ。

「ちょっと、いや、これ……てか、歯とか大丈夫なのか!?」

唇をうにーとやって確かめるが、綺麗《きれい》な牙は白くてつやつや、健康そのもの。よかったと安堵する反面、さすがにどうなってんだよという疑念が湧いてくる。

さっきのドラゴンにしてもそうだ。あんな一撃で太い首をちょんぱするなんて、まあなにをどう好意的に解釈しても普通の犬では不可能である。そして今度は金属のファスナーロックを引きちぎった。

「ショコラ……お前になにが起きてるんだろうな」

ほっぺたをぐにぐにしながら問う。返ってくるのは、はっはっはっという息遣いと、ふりふり揺れる尻尾。耳はぴんと立って上機嫌で、少なくとも外見に変化はない。

「異世界転移でチートに目覚めたのかな……だったら僕も目覚めてないかな」

立ち上がって背後、庭へと向かって手を突き出し、唱えてみる。

「ファイアボール！」

しかし　なにも　おこらなかった

「だよねー」

まあ僕のことはともかく、ショコラに関してはポジティブに考えよう。たとえ僕が先に死んでしまっても、これだけの強さならひとりでも生きていくことができるかもしれない。兎《うさぎ》とか狩って——兎がいるのかはわからないけど。

「……倉庫、見るか」

少し憂鬱なことを考えてしまった。

気を取り直して、ショコラが鍵を開けて《壊して》くれたサッシ戸を引く。

中は埃っぽく、薄暗い。家の中と違ってあまり手入れはされていなかったようだ。目を凝らす。壁には棚、それから床に置かれているのは袋みたいなものやなにかの機械っぽいもの、奥の方に、棒状のものがまとめてつっこまれている籠。

「スマホのライトは……やめとくか」

モバイルバッテリーを持ってきていたからあと三回くらいは満充電できるが、温存しておくに越したことはない。

暗がりに目が慣れるのを待って、まずは棚から確認した。

目についたのは輪ゴムで束ねて留められた四角形の封筒。

袋に印刷された写真はトマト、人参《にんじん》、大根、南瓜《かぼちゃ》など、色とりどりの野菜たち。

つまり中身は――種だ。

「おお……ありがとう父さん、またしても神！」

これは嬉しい、まじで嬉しい。

畑で栽培ができれば継続的な食糧を得られる。しかも食い出があって栄養価の高いものはあらかた網羅されている。

缶詰と水があったとはいえ、あれらは食べてしまえばそれまでだ。長期的な展望が見えたことで想像していた以上に心が軽くなる。

種の他に棚に収納されていたのは、如雨露《じょうろ》や鎌、剪定鋏《せんていばさみ》など小さめの農具たち。あとゴム長靴や軍手、麦わら帽子――助かるー。

続いて、床に置かれていたものを確認する。これらも僕らにとってめちゃくちゃ有用なものばかりだった。

袋入りで積まれた有機石灰や肥料――畑の土壌造りに使えそうだ。

プラ製の鉢と支柱――畑に種を直蒔《ま》きせずに済む。

アウトドアコンロ――しかも煙突つきの、薪《まき》ストーブにもなる本格的なやつ。これがあるとないのとでは、料理の手間が段違いだ。

そして一番ありがたかったのは、ガソリン発電機（燃料入りのポリタンクを添えて）！――もちろんガソリンが尽きてしまえばそれまでとはいえ、少なくとも最悪の場合は電気を作ることができるという安心感はでかい。

「それにしても……なんでこんなに本格的に揃《そろ》えてたんだろうな」

「わう」

ショコラを撫でまわしながら、父さんのことに想《おも》いを馳《は》せる。

いずれ僕らを連れて泊まりに来る予定だった？

ただし電力会社と契約していない。だから不便がないよう、電気なしでも過ごせるようにしていた——そう考えるのがもっともらしくはある。だが、僕はこの歳《とし》になるまで一度も、ここへ来たこともなければ父さんに誘われたこともない。

それに、畑を整備するための諸々や、植えるための野菜の種。更には家の中に大量に備蓄してある水と食糧——。

まるで、今の僕らみたいになる状況を想定していたかのような念の入れ具合だ。

「わかんねー」

溜息《ためいき》をつきつつ、資材の確認——最後に残ったひとつに目を向けた。

奥の隅に置かれた籠だ。棒状のものが何本も、立てかけるようにして突っ込まれている。

「農具かな」

肥料袋をまたぎつつ近寄っていく。案の定だ。鍬、鋤《すき》、レーキ、シャベルとひと通り揃っている。正直、畑仕事なんてしたことないから正しい使い方がいまいちわからないが——まあ、なんとかはなるだろう。

などと考えながら一本一本を手に取って眺めていたら。

「ん……？」

農具に交じってつっこまれていたそれに、僕は眉をひそめた。

摑《つか》んで、引っ張り出す。

全長は百センチほどだろうか。

鍬や鋤などとは明らかに違う形状。棒というより板と形容した方がいい、平たい金属の——

地味ながらも綺麗な装飾が施された、鞘。

その鞘に納まった中身に繋がっているであろう、柄。

柄を握り、引き抜く。

さして抵抗なくすらっと抜けた刀身は、左右対称の諸《もろ》刃《は》。

薄闇の中で鈍く光る銀色に、模造品などではないことが伝わってくる。

——なんでこんなものが、こんなところに。

それは明らかに農具とは違う。

紛れもない、武器。

幅広で頑丈そうな、ロングソードだった。

3

ロングソードは護身用に携帯しておくことにした。

ドラゴン襲来事件で不安だったのもあるが、想像していた以上に軽く、持ち運びが苦にならなかったからである。こんな分厚い刀身で鞘も大仰なのにまるで羽でも持っているみたいで、やっぱり異世界産なのかなあなどと考えてしまう。異世界に不思議パワーがあるかどうかはまだ定かではないけども。

ドラゴンがいたなら魔法もあるはずだと思考停止してはいけない。さっきはそれで失敗《「ファイアボール！」》してしまった。モンスターがいても魔法はないケースもあるじゃないか。早計は禁物である。

なにせここは山の中。ゆっくり探っていかなくては。

とはいえ気が付けば陽は傾き、空は赤くなりつつある。

午前中に自宅を出発して、この家に来たのは昼前くらいだったはずだけど……体感、随分と早い日の入りだ。いろいろ起きすぎてあっという間に時間が過ぎたのか。あの沈みゆく太陽は地球で見ていた太陽とは別の天体なのだろうか。

反対側の空には、まったく見たことのない衛星——輪っかのある月がのぼりつつあった。なんだよあれ……。

すごく気になるが、電気がない以上、明かりもない。

なので陽が沈みきる前にご飯を食べておこう。

異世界転移してもお腹は減る。ひとまず今日のところは、持ってきていたお弁当で凌《しの》ぐことにした。

居間に戻り、ショコラのためにドッグフードを開けつつ——犬用の食器もちゃんとキッチンの収納棚にあった——僕の分はリュックから取り出す。

弁当箱の中身はありあわせの冷凍食品だ。しそ巻きチキン、ほうれん草、シュウマイ、卵焼き、きんぴら。

父さんが死んで以降、気力がなくてろくに料理していなかったなとぼんやり思う。

ご飯を作るのは僕の役目だった。レパートリーと腕にはかなり自信あり。本来なら冷凍食品でなくてもこの程度のメニューは自分でこしらえられる。

「材料があれば、の話だけどね」

しそもチキンも小麦粉も、卵も牛蒡《ごぼう》もグリーンピースも、この異世界にはたぶんない。調達できるのは、倉庫に種があったほうれん草くらいか。

もちろん料理には材料だけではなく味付けが必要だ。つまりは調味料と出汁《だし》。砂糖や塩、醤《しょう》油《ゆ》、みりん、胡椒《こしょう》などはけっこうな量が戸棚にあった。だけどさすがに昆布や煮干しなどの乾物はない。

あるものだって、使えば使うほど目減りしていく。特に塩などは生きていく限り、絶対に消費し続けるものだ。

山の中を探せば岩塩とか見付かるのだろうか。大豆っぽいものを発見できれば醤油や味噌《みそ》も作れるか？　そういや二階の書斎に『発酵のすすめ』なんてのがあったな……。

まあ、なるようにしかならないか。

当面の目標は、畑を耕して野菜の栽培を成功させること。

ドラゴンを退けた結界の強さと再現性も検証すること。

そして、森の周囲で食べられるものを探すこと。

そのあとはどうにか森から出て、人里を発見できれば道は拓《ひら》ける。

言葉が通じるかわからないとか、やばい奴らと出くわしたらどうしようとか、ひょっとしたら人間など存在しないエクストラサベッジモードの異世界転移かもしれないとか、そういう不安になるような想像はしないでおこう。

食べ終わって、空っぽになった弁当箱を洗い、キッチンの籠に入れておく。サバイバルだとこういう容器もすごく役に立ったりするんだよな。

そうこうしているうちに居間がどんどん薄暗くなっていく。太陽が本格的に沈み始めたのだ。カーテンを閉めるともうほぼ夜と言っていい。手探りで歩かないといけなくなる前に、二階へ上がって寝室に入った。

「さすがにパジャマはないんだよなあ」

ウインドブレーカーは脱いで床に投げておく（ハンガーが見当たらなかった）。あとは――

そもそもハイキングするくらいのつもりで来たから、服装はコンフォートフィットのシャツとトレッキングパンツ。ジャージとさして変わりないし、このまま寝ても問題なかろう。ハイキングがキャンプに変わっただけと思えば、まあ。

「よし、寝るか」

「わん！」

布団に入ると、ショコラがベッドにぴょんと飛び乗ってきた。

「こら、お前は床に……いや」

「ばう！」

「そうだな。一緒に寝ようか、今日は」

横になりながらベッドの隅に避け、スペースを開ける。

そこに丸まったショコラに腕を回す。

「ありがとうな」

「わう？」

「お前がいてくれて、よかった」

だって。

明かりもない異世界の夜なのに、こんなに温かくて安心できる。

「おやすみ、ショコラ」

「くーん」

目を閉じる。

疲れていたのか、ショコラがいてくれたからなのか。

すぐに意識を落とした僕は、夢を見ることすらなく深く眠った。

†

そして、一夜明けて。

窓のカーテンから覗《のぞ》く陽光に頬を照らされ、目を覚まして。

陽が落ちてから明けるまでだから、たっぷり十二時間近くも寝ていたであろうことに驚愕《きょうがく》しつつ、時の流れとかどうなってんのかなと頭の片隅で考えつつ。ショコラとともに階段を下り、蛇口から水が出てくることに感謝しながら顔を洗い。缶詰とドッグフードを開けて朝食を摂《と》ってから、さてではまずは外の様子でも見に行くかと、剣を携え玄関を開けて。

「ん……？」

僕はその異変に、気付いた。

玄関からまっすぐ先、門の向こう。

昨日までそこに鎮座し、これどうやって片付ければいいんだと頭を抱え、ひとまずは見てみぬふりをしていたもの——ドラゴンの死体が。

門の前から綺麗さっぱり消えていたのである。

インタールード　北東グレゴルム地方『虚の森』中層部

一方、その頃。

王立魔導院、境界融蝕現象研究局特別顧問——カレン＝トトリア＝クィーオーユは、森の中をひた走っていた。

局長であるヴィオレから通信水晶《クリスタル》での連絡を受けたのは一日前。『虚《うろ》の森』表層部にて地質調査をしていた時だった。

カレンにとって幸運と不運がある。

幸運は、自身が発生地点の近くにいたこと。地質調査は退屈な上に気乗りしない仕事だったが、受けてよかったと心から思う。少なくとも王都からよりは遥《はる》かに早く辿り着けるからだ。

だが一方で不運とは、現象の発生地点がここ——『虚の森』、よりによって深奥部だったことである。

王国の抱える未活用資源にして前人未到の魔境たる『虚の森』。中でも深奥部は変異種の闊《かっ》歩《ぽ》する、世界有数の危険地帯だ。

『魔女』の称号を持つ者ですら、生きて踏み込めるのは数名だろう。自分とヴィオレを除けば、名を思い付けるのはほんのわずか。いずれも歴史に名を残せるほどの高名な強者である。

探索を困難にしているのは、変異種の存在だった。

地脈と地形、気候や気温などの諸条件がある特定の様式《パターン》を満たした際、まれに高濃度の魔力坩堝《るつぼ》が発生する。大概はすぐに消えてしまうが、更にまれなことに幾つかは、長期間現出し続ける。

その魔力坩堝に影響された魔物が、特異な形質と力を持つ超常個体へと進化するのだ。

『虚の森』深奥部は、この魔力坩堝が極端に発生しやすく、かつ消えにくい場所だった。

人呼んで『神威《しんい》の煮凝《にこご》り』。こうした地は全世界を見渡してもわずかに三箇所しか発見されていない。ザザリオ帝国南部の『悪性海域』、獣人領の北端に穿《うが》たれた『ヘルヘイム渓谷《けいこく》』、そしてここ『虚の森』。

カレンの心臓が早鐘を打つのは、身体強化魔術の効果が薄いからではない。

彼らが――十三年も待《ま》ち侘《わ》びた彼らが、今こうしている間にも、変異種どもの牙に曝《さら》されているかもしれないからだ。

翼亜竜《ワイバーン》のような魔物すら、あそこでは被食者となる。

融蝕現象が十三年前と同じであるなら、適切な行動さえ取れれば幾日かは持《も》ち堪《こた》えられはしよう。だが一歩でも過てば危ない。

　このまま全速力で走ったとして深奥部——計器の示したという座標まで辿り着くには、一両日といったところか。それまでにこちらが厄介な変異種と出くわさなければ、という条件付きではあるが。

　幸いにして、変異種《やつら》は魔力坩堝を根城にしてあまり動きたがらない。そしてこちらは坩堝の場所を検知する測定装置《レーダー》を持っている。

「……おじさまのもたらした技術が、彼らを救いますよう」

　祈るようにつぶやく。

　融蝕現象観測装置はもちろんのこと、連絡用水晶や位置測定機構に至るまで、この十三年で発達した魔導技術の根幹には異世界の知識があった。特に、使い魔を空中高くまで打ち上げて星の軌道に乗せ、魔力の反射を利用して位置情報を測定する仕組み——あんな発想、こちらの世界では千年かけても浮かばなかっただろう。

　もちろん世界間測位魔術《GPM》だけではない。医術や工学の分野においてもあの人は世界を動かした。あんなにも多大な貢献をしてくれた人が、そしてその息子が、帰ってきてくれたかもしれないというのに——変異種なんかの犠牲になっていい訳がない。

　汗ばむ額を拭うように、かぶっていた頭布《フード》を外す。蜂蜜が滝になったような淡金色《あわこんじき》の髪と、先端の細く尖《とが》った耳が露《あらわ》になる。

――カレンのかみ、きらきらしてるね。

幼い頃の五年間、いつも共にいた男の子の声を記憶の中で再生する。

――ぼくのはまっくろだから、うらやましいな。


黒。


あちらではありふれた色。

対してこちらでは、最も尊ばれる色。

夜と渾沌《こんとん》――つまりは終焉《しゅうえん》を示し、万物を呑《の》み込み時を司《つかさど》るとも言われる、魔術を無窮へと導く象徴色だ。

魔導士の頂点たる魔女が、その証《あかし》として羽織ることを許される外套《マント》が黒く染められるのも、それにあやかってのものである。

あの子は髪だけではなく、瞳も漆黒だった。

父親の眼は茶色がかった黒であったのに、それよりも遥かに濃い――母の菫色《すみれいろ》を更に取り込んで深みを増したかのような、黒瞳だった。

それがこちらにおいて持つ意味は大きい。

故にこそ十三年前、自分たちと彼らは分かたれた。あの子の力はあまりに深くあまりに強く、それを満たすに彼の器はあまりに幼過ぎた――生命の危機に瀕《ひん》して、無意識で門を閉ざしてしまうほどに。

だが十三年を経て再び道が交わった以上、彼もまた成長しているだろう。魔力器官は顕現し、あまりある力を飲み込んで、己を救う道標となるはずだ。

†

疾駆するカレンの前に、魔物の三体が立ちはだかる。

蜘蛛《くも》の脚、牛の顔、虎の身体を持つそいつら――土蜘蛛《つちぐも》と呼ばれる魔物は、本来なら一体ですら徒党《パーティー》を組んであたらねばならない存在だ。

「邪魔」

上空と左右から襲いかかってくるそいつらを前にして、カレンは逆に加速した。

彼女の双眸《そうぼう》――翡翠《ひすい》色をした『春凪《はるなぎ》の魔眼』が鈍い光でその尾を引く。

「……滔々《Tl》と成《Ns》せ、檻《Or》の迷い《Mg》子――『刀霞《とがすみ》』」

圧縮言語により刹那で詠唱を終えた魔術は、霧の貌《かたち》をした不定形の槍《やり》となり、土蜘蛛たちの頭部に過たず突き立つ。

魔物たちがくずおれた時にはもう、カレンの姿は後ろ髪すらも見当たらない。

第三章 ✦ 子供の頃に遊んだあの子

1

異世界ともなれば不思議なことのひとつやふたつ、当たり前のように起きるだろう。けれどたとえどんなに不思議なことでも、起きたのであればそこには理由がある。

理由と帰結――原因と結果、始まりと終わり。

つまり、ドラゴンの死体はどのようにしてここから消えたのか。

門の前に立つ。庭から臨むその場所の惨状は、昨日の出来事が夢や幻ではなかったことを示している。木々の枝は折れ曲がり、地面は赤黒く変色していた。

そして大きなものを引きずっていった跡が、

「森の奥に、続いてる……」

ドラゴンは忽然《こつぜん》と消失した訳ではない。

夜のうちに、何ものかが持ち去ったのだ。

「わん！」

「どうした？」

ショコラが門から出て、五メートルほど駆けていく。

大きな樹《き》の傍で立ち止まって、こちらを呼ぶように吠えた。

「わう、わう！」

「ついてこいって？」

門から出るのは怖かったが、剣の柄に手をかけながらゆっくりと、周囲を警戒しながらショコラの元まで歩んだ。

「わんっ！」

「これは……」

そこに転がっていたのは、ドラゴンの頭部だった。

正直グロい。血のにおいも凄《すご》いし、吐きそうだ。おまけに近くで見るとなんというか『これガチの本物なの？　ハリボテじゃなくて？』感がすごい。なにせショコラの身体と同じくらいの大きさをした、トカゲの頭なのだ（正確にはトカゲとはまた違っていて、まさにドラゴン！って感じのドラゴンなんだけど）。

でも我慢して観察する。鋭利な断面は昨日、我が家の愛犬が一閃《いっせん》した証。牙が伸びてる訳でもないのにいったいどうやったんだろうねこの子ったら。

まあそれはいい。

状況を整理すると、こうだ。

夜のうちに、ドラゴンの死体を持ち去ったモノがいる。

それも手荒でぞんざいに、地面を引きずっていった。

加えて、頭は放置して胴体だけを持ち去った。

「もし人間……少なくとも理性と知性があれば、死体なんかよりこの家のことを気にするはず」

家に押し入ろうとした、あるいは訪ねてきた形跡はない。

ドラゴンを弾いたあの結界が、僕が眠っている間も動作したのだろうか？

「だとしても、死体を持ち去ったりはしないよな」

僕が原住民なら――知恵と文明を持った生物なら、そんなマネはしない。

ドラゴンは家の住人が狩りで仕留めた獲物かもしれないし、死体の状態を見れば実力を警戒して然《しか》るべきだ。なのに無断で手を付けるなど、挑発行動に等しい。

相手と友誼《ゆうぎ》を結ぶにせよ排除を目論《もくろ》むにせよ、少なくとも朝を待ってコンタクトを試みるか、もしくは隠れて様子を見る。

「やったのは獣……動物。それもたぶん、一匹？」

その場で食い散らかすでもなく、また頭部は置いてけぼり。

つまり単独行動の生物が、食いでのある胴体だけを巣穴に持ち帰ったと見るべきではないか。

しゃがんで地面を見る。獣の足跡らしきものは見当たらない。というより――わからない。ろくに山歩きもしたことのないような僕には、地面に残るこの引きずったような跡から、精緻な情報が読み取れるはずもなかった。

未知の脅威を意識したせいで、背筋を冷たいものが伝う。だけどこのまま手をこまねいていていいものか。そいつが再び戻ってきたとして、昨日みたいに震えているだけではいられない。

「……まずは埋めよう、この首」

「わう」

足早に倉庫へシャベルを取りに戻る。木の根がなさそうな場所を見繕い、力を込めて地面に突き立てた。固そうな土だったが、予想していた以上にあっさりとシャベルは埋まる。

「なにかあったら吠えて知らせてくれな」

「くーん」

ショコラに哨戒《しょうかい》を任せつつ、急いで穴を掘る。

ドラゴンの首を蹴転がして落とし、土をかぶせて固めていく。

「放置しとくと、ダメな気がするんだよね……っと」

「わう」

少なくともこのままでは、別の獣をおびき寄せる餌になるだけだ。

「というかこいつ、食えるのかな……」

「わおん！」

さっきショコラはしきりにドラゴンのにおいを嗅いでいた。あれはただ興味を惹《ひ》かれただけなのか、それとも食べたかったのか。

「まあ食糧が家にあるうちは、な」

「くーん」

実際問題、いずれは森で狩りをする必要が出てくるかもしれない。いざそうなっても、どれが食えてどれが食えないのかさっぱりわからないのが悩みどころだ。手当たり次第に口に入れる訳にもいくまいが、ショコラは鼻が効きそうだから判別を頼めるだろうか。

完全に埋まったので、土をばしばしと踏み固める。

固め終わった後、僕は握っていたシャベルを掲げ、矯《た》めつ眇《すが》めつした。

「……わう？」

そんな僕の様子を、ショコラが不思議そうに見上げてくる。

頭を撫でながら、昨日から抱いていた違和感を口に出した。

「ああ……やっぱり変だ……僕も」

まずきっかけは、玄関に鍵を差し込んだ時。

身体の中をなにかが駆け抜けていって、それ以降、やけに全身がすっきりしたような気持ちになった。疲労が消えて、背負っていたリュックをやけに軽く感じた。

そうだ、思い返してみれば。

『軽く感じた』のは、一時的なものではなかったのだ。

家捜しの最中、水や食糧を棚から出したり納めたりしている時も。

外の倉庫で剣を持ち上げた時も。

そして今、シャベルで土を掘り返して、ドラゴンの頭を埋めた時も。

最初は気のせいということにした。

剣は異世界の不思議テクノロジーでそもそも軽いんだと思った。

けれどシャベルを使うに至り、剣と同じように羽みたいだなと驚いて、ドラゴンの頭部を埋葬する作業をもって、はっきりと意識した。

そもそもの僕は、こんなに力持ちではない。

体育会系とはほど遠く、スポーツの経験も体育の授業しかなく。ショコラの散歩が日課だったから子供の頃から歩くことだけは欠かさなかったけど、ウォーキングだけでパワー系になれるならスポーツジムは店じまいだ。

昨日、ファイアボールと叫んでひとり顔を赤くしたことを思い出す。

ひょっとしたらまた恥をかくだけかもしれない。でも隣にいるのはショコラだけだ。賢くて可愛いこいつは、僕の醜態を笑ったりはしないだろう。

「ダメで元々だ」

木に立てかけていた剣へ手を伸ばし、シャベルと剣を持ち換える。

鞘から引き抜いて、両手で柄を握る。

やっぱり軽い。羽みたいに、空気みたいに。

これなら棒切れよりも遥かに簡単に振り回せるだろう。

頭上を見渡す。一本の樹に目を付けた。そいつから伸びている枝――折れても曲がってもおらず、適度な太さをして、五メートルほどの高さにあるやつ。

息を吸って、吐いて、肩の力を抜いて、僕は。

「……よし、いくぞ」

身を屈め、よいしょと力を込めて、ジャンプした。

「おりゃっ！」

気合いの声とともに、すべてはゆっくり感じられた。

剣道なんかやったことない。だから本能のままに振りかぶって、頭上から振り下ろす。

たぶん不恰好《ぶかっこう》なスイカ割りみたいだっただろう。それでも剣は、枝に刃を食い込ませ、ものの見事に断ち切った。助走もなしの垂直跳び――頭上五メートルの高さの枝を。

どうやら僕の肉体もまた、おかしなことになっているらしい。

2

結論。

犬《ショコラ》だけではなく、僕も強くなってる。

切り落とした枝が地面に落ちた後、僕もまた着地する。目算でたっぷり五メートルを垂直飛びしたというのに、跳躍の際も着地の際も、僕の身体に衝撃はなかった。

——と、いうより。

「たぶんこれ、まだいけるんだよな」

軽く膝を曲げ伸ばししながら体内の感覚を確かめる。

今のは全力ではなかった。なんとなく「あの辺まで飛んでみっかな」的な感覚でジャンプしたが、力加減としては三割くらいがいいとこだったと思う。

正直、自分で自分がちょっと怖い。本気を出したらどこまでやれるのかがわからなかった。

ただ一方で、力加減のコントロールは問題ないというのがさっきの垂直飛びで把握できた。この手のやつでよくある「ドアノブをひねったら捩《ね》じ切《き》ってしまった」系の失敗は起こさずに済みそうだ。

「昨日のショコラみたいに、全力でやったらえらいことになるかもなあ」

「わう？」

「どっか草原とかあったらいいのにな。追いかけっことかで試したい」

「わう！　わうわうっ！」

追いかけっこ、という単語に反応して僕の周りをぴょんぴょん飛び跳ねるショコラ。そういえば今日は散歩ができてないんだよな。昨日はいいとして、これからこいつの運動はどうしよう。森の中を歩き回るのはさすがに不安だ。

「僕がどのくらいやれるかって話もあるしなぁ」

たとえ身体能力がどんなに上がっていても、そして手元に武器《ロングソード》があっても、戦えるかどうか、殺せるかどうかというのはまた別の話だ。

剣道はもちろん、格闘技だってやったことがない。なにより生き物を前にして――殺す覚悟みたいなのを、まだ持てていない。

「まあ、無理はできないよね。しばらくは専守防衛しかないんだけど……そうなると、家の結界か。これ、どうやって検証しようかね」

「わふっ！」

ぴょんぴょん跳ねるショコラの鼻先で手を上下させて遊びながら、門の内に入る。森からは十メートルも歩いていないのに、敷地《しきち》内だと妙な安心感があった。

「いや、一度しか発動してないのに安心してどうする。正常性バイアス、ってやつか」

やれやれと肩をすくめる。

僕らの出入りは自由で攻撃だけを防いでくれる、そんな都合のいい結界ではないだろう。なんらかの法則、なんらかの条件、なんらかの制限が必ずあるはずだ。……そもそも『攻撃を防ぐ不可視の壁』って存在自体がなんだか都合のいい便利ガジェットみたいな感じだから、都合のよさをあらゆる方向性で求めてしまうのは心理ってもんだけれども。

「外から石でも投げてみるかなあ」

なんとはなしに振り返ってみると。


「…………、熊？」

熊がいた。


門の前にいつの間にか。

目前、およそ五メートル先。

昨日のドラゴンのインパクトと比べたら、大きさはさほどではない。四《よ》つん這《ば》いの状態で体高はブロック塀より少し高い程度、地球の熊と比べてもたぶんあまり変わりはない。ホッキョクグマとかと同じくらいだと思う。

「……ただ、地球の熊はですね」

背中からクリスタルみたいなものが生えてないし——蠍《さそり》みたいな針のついた長い尻尾なんて

持ってないし――頭部に山羊《やぎ》みたいな角が二本あったりも――、

「しないんですよ、ねえ……」

なに。

なんなんこいつ。

意味わからん。全っ然、意味わからん。

昨日のドラゴンはわかる。あんなん実際にいるんかいと思ったけどまだわかる。だってファンタジー世界ではいかにもな見た目だったから。

でもこれは違うだろ。あんまりだろ。

魔物じゃなくて化け物、モンスターじゃなくてクリーチャーだろ。

「神さまがトランス中にデザイン作業してるじゃん……」

その『熊』は。

熊と呼んでいいのかわからないけど無理やりカテゴライズすればギリギリ熊、名付けてギリくまは。

ふしゅううう、と。

僕を認識し、僕に視線を遣《や》り、僕に牙を剥いて――僕の精神に対する配慮の感じられない、やばい感じの息を吐く。

「……っ！」

熊は立ち上がった。

そして両手を振りかぶり、ブロック塀を壊そうと叩《たた》きつける。

——結界が、発動した。発動してくれた。

ぐわあああん！　空気銃で鍋を撃ったような音とともにギリくまの両掌《てのひら》が弾《はじ》かれる。だがドラゴンとは違い、そいつはわずかにのけぞるだけで地面に踏ん張って耐える。

「ぎいイイいいいイっキキききい!!」

ギリくまが吠えた。金属を擦り合わせながら泣き叫ぶ老婆みたいな、あまりにもおぞましい声だった。

再び四つん這いの姿勢。

続いての攻撃は蠍の尻尾だった。

がががががが、と先端が門に向かって打ち付けられる。世界チャンピオンのジャブもかくやの高速連打は、それでも結界に阻まれて中空で止まっているようだ。

「ズぃイヰいいいイいきキキェェぇぇぇ！」

いやほんとなんなのその形容できないやばすぎる咆哮は。

続いては背中のクリスタル。薄赤く発光し、バチバチと火花を纏い、襲いかかってくる——赤い電撃。

空中に走るひび割れじみたそれを、しかし結界はなおも防いだ。

電撃は門から放射状に、結界の表面を滑りながら散っていく。その軌跡を見るにどうも結界そのものは半球形、ドーム状に家を覆っているらしい。

雷すら通じなかったことにキレ散らかしたのか、ギリくまさんはなんかもうエグい感じにこっちへ攻撃を続けてくる。両腕で殴る、尻尾で刺す、雷で撃つ、そのローテーションというか乱舞というか、めちゃくちゃだった。

「ドラゴンを持ち去ったの、あいつ……なのか？」

きっとそうだろう。獲物が転がっていたことに気をよくして、また肉があるかもとやって来たに違いない。というか、あれとは別にまだ犯人がいて別途訪問予定とか思いたくないなあ。

とりあえず現時点でわかるのは、このギリくまは昨日のワイバーンより数段ヤバい生物だということ。そして家の結界はめちゃくちゃ有能で、今のところギリくまの攻撃にもびくともしていないということ。

そして——僕の身体がさっきから、恐怖でまったく動かないということだ。

このままではまずい。

だってギリくまは諦めてくれる気配もなく、家の結界が無限に攻撃を防いでくれるとも限らない。この膠着《こうちゃく》状態は、決して永遠ではないのだ。

だから、なんとかする必要がある。

家に使えるものはあるか。なんか上手《うま》いこと知恵を駆使して、思わぬアイテムと思わぬアイテムのシナジーですごいことになるような、頭のいい攻撃で撃退できたりしないか。

全然なにひとつとして閃《ひらめ》かない。

あ、ガソリンぶっかけて火を点《つ》けるのはどうか。いけるかもしれない。布と棒で松明《たいまつ》みたいなのを作ればいい。試してみる価値がある。ただ、こっちの準備が終わるまでギリくまさんはあのまま暴れててくれるかな……。

と。

思考だか逡巡《しゅんじゅん》だかわからない混乱から、僕を引き戻すものがあった。

「わふっ、わふっ！」

「ん……？」

見ると、ショコラが僕の手をべろべろと舐めていた。

「どうしたんだ、ショコラ、そんなに……」

「わう！　わうわう！」

あの恐ろしいギリくまを前にして、ショコラは平然としていた。

唸って威嚇するでもなく、昨日みたいに突進するでもなく。

手を舐めることで僕の注意をひこうとしている。

僕が視線を遣ると、やっとこっち向いた！　と言わんばかりに尻尾を振る。

そうして僕の反対側、右に回り込むと、

「わんっ！」

これ見てよ、と。

僕の右袖をくわえる——袖から伸びた右手と、握った剣。

「え……」

剣は黒を纏っていた。

靄《もや》のような、墨汁のような、粘着質そうでいてなんとなく掴みどころのない——不定形の、黒いもの。

僕は知っている。

記憶にある。

色こそ違うがこれは、■力の塊だ。■さんが魔■を使う時に感じたことがある。
■さんのは確か綺麗な菫色で、でも僕のこれは——この黒いものは。
「剣から、飛ばせる……かも」

「わうっ！」

ショコラが嬉しそうに鳴いた。

いけるよ、と肯定してくれたように感じた。

それだけでなんだか力と自信が湧いてくる。

ガソリン攻撃を試す前に、こっちをやってみようという気持ちになる。

「……よし」

この黒い靄でなにが起きるのかは全然わからない。

ただ、使い方はわかる。

あいつに向かって振ればいい。


念ずれば顕ずる。

唱えれば創られる。

思いあらば届く。

願い乞えば来たる。

祈りなど不要。

必要なのは、強き意志。


子供の頃に[redacted]さんから教わった、魔力の使い方――魔導の基本理念。

だから、このまま、いけ。

僕は剣を構えた。

そして腰を入れて、暴れ狂う化け物を睨みつけ。

叫びながら、剣を振り抜いた。

「なんか、すごいビームとか、出ろーーーーー!!」

3

僕の雄《お》叫《たけ》びとともに剣が振り下ろされる。

こちらとギリくま、彼我の距離はおよそ五メートルほど。当然ながら剣の間合いではない。

だが僕にはそれでも実感があった。いける、と。これは僕の間合いだ、と。

故に。

剣を振り抜いた勢いとともに、刀身を覆っていた黒いものは、そのまま一筋の奔流となり、敵を両断すべく放たれ――、

――なかった。

……その、僕の期待とはまったく違ってですね。

剣を振り抜いた勢いとともに、刀身を覆っていた黒いものは、そのまま一塊のヘドロみたいに、敵に向かって飛んでいき――、
べちゃっと。

子供のいたずらか？　くらいな感じのしょぼさで、ギリくまにへばりついた。

「え……いや、ええ……？」

落胆の声が漏れる。

でも実際は落胆している場合じゃない。

これじゃ敵を倒すことはできなくて、そうなると結界がもしも壊れたらギリくまは間違いなく襲ってくる訳で、あんなやばい攻撃、いくら身体能力が上がっているからって僕にどうこうできるとは全然思えなくて、

「くそ、なんなんだよ！　なんか『いける』って思ったのに……僕そんな思い込みの激しい奴だったか……？」

もうガソリン作戦しかない。

着火用のたいまつを作らなきゃ。布は……惜しいけど、Ｔシャツを使う。今すぐ倉庫に行って準備をしよう。

「って……え」

慌てて踵を返そうとした僕の目に映った光景――正確には門の前にいるギリくまさんの様子に、思わず脚を止める。

今しがた、僕の飛ばした黒いヘドロみたいなやつ。

それはギリくまの身体にへばりつき、そのまま浸透していた。まるでスポンジを水に浸《つ》けたみたいに、ギリくまの体毛、背中のクリスタルに染み込んでいる。

それに伴い、ギリくまの動きが鈍っていく。

蠍の尻尾も、両腕の駄々っ子パンチも、背中に生えたクリスタルにまとわりつく赤い電光ですら。

ギリくまの動きそのものが、まるで時間が遅延しているみたいに、ゆっくりとスローモーションになっていく。

「これ、は……なんだ？　あの黒い塊の？」

「わおおおおんっ!!」

ショコラが吠えた。

威嚇ではない。明確な意志を込めた、力強い咆哮だった。

即《すなわ》ち、好機と見ての攻撃。

吠えると同時、跳躍するショコラ。

そのままブロック塀の上に着地——した瞬間、塀を蹴って更に上空へ。

見上げるほど、たっぷり十メートル以上も舞い上がり、最高高度に到達すると背中をまるめて身体を回転させる。

音がした。

鈋《か》っ、と——光の煌《きら》めく音。

ショコラの身体が白く輝いている。それは空中に現出した太陽、昼間に浮かぶ鬼火、つまりは途方もないエネルギーを発する光の塊。

太陽が彗星《すいせい》になった。

光に包まれたショコラは、物理法則どうなってんだとばかりに下方へと急加速。輝く尾を残しながら、一条の軌跡で地面の敵――ギリくまの胴体を、貫く。

僕がついさっき夢見た『なんかすごいビーム』そのものだった。

一拍遅れて、地面を揺らす轟音《ごうおん》。

動きがスローモーションになっていたギリくまは、ショコラが飛び上がる時にすら反応を示せなかった。つまり頭上から迫ってきた光の突進に抗《あらが》う術などなく、胴体を貫かれて土にくずおれる。

……というか、貫かれたで済むんだろうか。

ちょっと正面からじゃわからないが、あのギリくま、ギリとくまに分かれてるかもしれない。

「わおん！」

しゅたっ、とショコラが僕の横に着地する。身体に纏っていた光はすでになく、僕の慣れ親しんだいつもの毛並み。大喜びで僕に飛びかかり、前脚ごと体重を預けてきた。

「わふっ！」

舌を出して息を弾ませ、期待するように見てくる。ほめてほめて、と。

「はは……すごい……すごいな、お前」

僕は思わず笑いながら、ショコラを抱き締めて撫で回す。助かったという安堵に混じって、なんだようちの子は主人より強いじゃねえかという驚きと、またしても助けてもらったなという不甲斐《ふがい》なさが胸にあった。

だけどなによりも――やっぱり、嬉しい。

ショコラがいつものショコラであることが。

どんなに強くなっても、光を放って彗星みたいに化け物をやっつけても。

変わらない。変わっていない。

子供の頃からずっと一緒の、僕の家族のままだ。

「よーしよしよし！　……もういいか？　ごめんな」

放っておくと永遠に撫でさせられそうな気がしたのでどうどうと落ち着かせる。いつまでも遊んではいられない。まだやることがある。

「あれを、片付けないといけないからな」

門の前で倒れてもはやぴくりとも動かない、ギリくまの処理だ。

今日のこの騒動の原因――昨日の失敗は、ドラゴンの死体を放置していたことにある。

あの時点では確かにどうしようもなかったとはいえ、死体をそのままに寝てしまったせいで、夜中にこいつを呼び寄せた。そして格好の餌場だと思い込ませてしまい、明けて本日、再度の来訪を招くことに繋がった。

ギリくまさんの死体を放置していたら、きっとまた同じことになる。

もしこいつを餌にするこいつ以上のクリーチャーなんかが現れた時、僕は果たして正気でいられるか。……強い弱いとか勝てる勝てないとか以前に、様子がおかしすぎて怖いんだよ！

門を出て死体の前に立つ。

ギリくまさんは僕の予想通り、見事にギリとくまに分裂していた。血溜《ちだ》まりの中、ギリとくまがほんのちょっとだけ背骨で繋がっている。吐きそうな感じにグロい。

「土に埋めるか、いっそガソリンかけて焼くか」

血のにおいも気になる。獣をおびき寄せそうだ。

ガソリンならケミカルな異臭がたつから、野生の獣避けになるかなあ。

そう思いながら死体を眺めていると、妙なことに気付く。

「あれ？　これ……」

背中のクリスタルがぼんやりと発光しているのだ。

身体そのものはぴくりとも動かず、生きているはずもない。だけどクリスタルは内部にＬＥＤでも仕込まれているみたいに、薄ぼんやりと明滅している。

向こうで読んでた異世界ものだと、魔物の体内には魔石があってうんたらかんたらって感じだったけど、もしかしてそれだろうか。

と、思考していた時だった。

「離れて！」

細くも鋭い――芯の通ったガラスみたいに綺麗な女性の声が、僕の意識を引き戻す。切羽詰まった声音に有無を言わさぬ口調で、彼女はもう一度言った。

「離れてっ!!」

慌てて飛《と》び退《の》く。今の僕の跳躍力はちょっとしたもので、その一瞬で門の内側、結界の中に入る。

「苑《N》に紛《Mg》う、夢《Hkm》の兆《Kn》しに、苞《Tty》を呼ぶ――」

耳に届くのはよくわからないつぶやき。

母音を省略して子音だけを繋げたような、意味のあるんだかないんだかわからない響き。

ギリくまの死体、クリスタルの光が不意に強くなった。

赤く眩《まぶ》しく輝き、微《かす》かに火花が散る。

瞬間。

「……『砂霧《さぎり》』！」

どっごおおおん！

女の人が叫ぶと同時に、鼓膜を震わせる雷鳴。

ギリくまのクリスタルが特大の雷を爆発させた。

四方八方に巻き散るかと思われた雷はしかし、僕らのところにまで届かない。

白く淡い靄がその寸前に、ギリくまの死体ごと包み込んだのだ。

まるで雲に迸《ほとばし》る稲光みたいな、白の中での明滅。

そのままたっぷり十秒ほど電撃は靄の内で燻《くすぶ》り続け、そして音が止《や》み、靄が霧散すると――

手品のように、すべてが消えていた。

クリスタルはおろかギリくまさんの死体すらも、跡形もなく。

「危なかった」

森の木陰から、ひとりの人影が歩んでくる。

「変異種は死んだ後、身体の坩堝水晶《クリスタル》から属性を放出する。それは死体を餌に膨らんだあと、爆発して周囲を破壊する」

綺麗な人だった。

地球――テレビでも見たことがないほどの。

たぶん、年齢は僕と同じくらいか少し上。

西洋人とも東洋人ともつかない、まるで人種を超越したような、完璧な造形を目指して作られましたみたいな、端正な目鼻だちをしている。

金色の髪は淡く、甘い蜂蜜を連想させた。すらりとしたスタイルは均整で、顔つきと同じくらいに完璧で、そこに立っているだけで優雅。

纏った衣服のあちこちが汚れていて、息も弾んでいる。ほっぺたにも土がついている。まるで森の中をぶっ続けで走ってきました、みたいな様相だった。

だけどそれでも、彼女の美しさは微塵《みじん》も揺らがない。

その人――少女は僕のところへ歩んでくる。

門をあっさりと潜《くぐ》り抜《ぬ》け、家の庭へと入ってくる。

二メートル、一メートル、五十センチ――、

その両手が、僕の頬を摑んで撫でる。

顔の形を確かめているような、ひやりとした感触。

「面影がある」

「は、はい？」

「……スイ。スイ＝ハタノ。間違いない？」

「は、はい……」

そうです、僕の名前は波多野翠です。

でもあなたみたいな美人さんがどうして僕のことを？

じっと見詰められて、視線を外すことができず、彼女の瞳を見返す。

澄んだ緑色。翡翠色。翠《みどり》――翠《すい》。

僕の名前と同じ、瞳の色をした少女――。

問おうとした瞬間、彼女の顔が接近してくる。

「無事でよかった。会いたかった、スイ」

「……んむ!?」

彼女は――。

そのまま僕を抱擁し、僕の唇に、自分の唇を重ねる。

背中に回された腕の柔らかさとか、キスされた唇の柔らかさとか、押し付けられた胸の柔らかさとか、いやごめんなさい柔らかさで頭がいっぱいだし心臓が痛いくらいに跳ねてるけども。


カレン。

頭の奥にぼんやりと、その響きが浮かんできた。


なんだこれ。名前？

この娘《こ》の名前？

よくわからない。たぶんそうだ。でも、どうして僕は彼女の名前を――。

呆然としていると、少女はふらりと僕へもたれかかってくる。

そしてだらりと力を抜き、

「……すやぁ」

「まじか……」

こちとらジェットコースターの方がまだマシだというくらい心臓がばくばくしているというのに。抱きつかれて、キスされて、なんかもういろいろ柔らかくて、頭に名前まで浮かんできて、パニックになりかけていたというのに。

少女はそのまま僕に体重を預けてきたと思ったら——耳元から微睡《まどろ》む音が聞こえてきた。

「いやこれどうすんだ。どうすんだ……」

気を失ったのであればなにかしらの怪我《けが》や疾患を疑うところなのだが、顔を見るに完全無欠にだらっと眠っている。幸せそうに頬を緩めて、涎《よだれ》が垂れそうな勢いだった。

「ちょっと、大丈夫？　起きて、目を覚まして」

一応揺さぶってみるが、

「むり。ずっとねてない。ねりゅ……」

ダメだった。

かろうじて意識はあるみたいだが、時間の問題な気がする。それに物言いからすると、やっぱり病気などではなく寝不足なんだろう。

「仕方ないなあ」

少女を持ち上げる。異世界に来てから全体的につよつよとなった僕は、女の子ひとりくらいなら平気なのである。どう抱えていいものやらわからずやむなくお姫さま抱っこしたけど、あとで訴えられたりしないだろうな。

「ん。だっこ、きもちい……」

「なあ本当に寝てる？　寝たふりしてない？」

「すやぁ」

少女が寝言っぽいつぶやきとともに身体を預けてくる。いやなんだこれ本当。甘えたがるのは■■年前とちっとも変わってないな――僕はいまなにを思った？

「わうっ！」

と――足元で吠えるショコラに視線を遣る。音量控えめな、機嫌がいい時の声だった。尻尾をぶんぶんと振って、僕らの周りをぐるんぐるん回っている。

「どうした？」

「くぅーん」

問うた後、ショコラの取った行動に僕は驚く。

僕が抱える少女の、だらんと垂れた右手。

その指先を、ぺろぺろと舐め始めたのだ。

「なんだお前……珍しいな」

僕――と死んだ父さん――の前ではこんな調子のショコラだが、実は家族以外への対応はすこぶるしょっぱい。

吠えるとか噛むとかそういう行為は絶対しないものの（かしこい）、知らない人に対しては、つーん、とそっぽを向いて興味も示さないのだ。

構おうとしてもダメ、撫でようとするとするっと離れていく。

僕や父さんが留守にする際、よくお隣さんである樋口のご夫婦に預かってもらっていたが、なんでも『素直におとなしくしてるし餌もちゃんと食べるけど、自分からは甘えたり絡んだりしない』だそうで、たぶんこれは家族——僕らが「しっかり言うことを聞くんだぞ」と説いたから従っていた、のではないかと思う。

で、そんなショコラがだ。

「くぅーん」

ぺろぺろ、ぺろぺろ、と。

少女の手を嬉しそうに舐め続けているではないか。

「なあショコラ、この子……」

「わう！」

僕が問おうとすると、ショコラは手にじゃれつくのをやめてひと声鳴き、家の方へとたったったか走る。玄関の前で立ち止まると、

「わう、わう！」

「……早く休ませてやれ、って言ってるのか？」

「わうっ！」

　僕は眉を寄せた。まったくどうしちゃったんだよこの子ってば。

　ただまあ、確かに休ませてやれというのには同意だ。

　少女のことをよく見れば、淡い金色の髪はけっこう乱れていて、頬も土で汚れている。衣服も葉っぱや蜘蛛《くも》の巣《す》が貼り付いており、ところどころ破れてさえいた。

「ほんとはお風呂に入って欲しいんだけどなあ」

「…………すぅ」

　どうやら本格的に眠ってしまったようで、寝息以外の反応はない。

「仕方ない、か」

　少女を抱えたまま、玄関に入る（ドアはショコラがひょいっと開けてくれた。かしこい）。靴を脱いで二階へ上がり、寝室のベッドに彼女を寝かせる。

　さすがにマントっぽいものは脱がせた。触ってはいけない部分にうっかり触らないようめちゃくちゃ注意した。マントの下の衣服は思いのほか露出が多く、胸許《むなもと》がかなりざっくり開いていて、いやほんと僕の人間性と倫理を無駄に問わないでほしい。

「落ち着け。僕は紳士だ」

　見るな、見るな。どきどきしてしまうことに罪悪感がある。顔を背けながら掛け布団で首から下を覆い、頭を抱えて枕を差し込む。

「洗濯、どうすっかなあ」

この娘《こ》が現れたおかげ――と言っていいかどうかはわからないが、今まで考えないようにしてきた問題が否応《いやおう》なく浮上してきた。

彼女の汚れた衣服やいま使っている布団ももちろんだが、僕が着ているもの一式もだ。

この家には、洗濯設備がない。

正確に言うと、洗濯機はある。

一階廊下の奥、お風呂場と洗面所の間に備え付けられていた。ドラム式で乾燥機能付きのなかなかいいやつ。横の棚には洗剤も置かれていた。

だが当然のことながらこの家に電気は通っておらず、電源が入らない洗濯機はただの重くてでかい箱に過ぎない。

「まあ蛇口から水は出るし、手洗いでどうにかするしかないか」

生活排水のことも気になる。でもこれは仮に洗濯機が動いたとして、使った水はいったいどこに排出されるんだろう。キッチンの水とかも――そういや昨日、弁当箱洗ったよな……。

「……後で考えよ」

女性が眠っている部屋に突っ立って考え込むのはさすがにアウトだ。

そう思い、部屋を出ようとした僕の視界、隅で。

「ん……」

少女が寝返りを打ち、頭を横にする。

さらり。淡い金色の髪が枕に散って――彼女の耳が、顕《あらわ》になる。

ずっと髪に隠れていて、たぶん抱きかかえて運んでいた時もベッドに寝せた時も、耳が出たことはあったのだろう。だけど僕はたまたまその瞬間を見ていなかった。そしていま、また彼女は耳を露出させ、そして今度はたまたま見た。


――ねえ、カレンのみみ、なんでとがってるの？

――へん？

――ううん、へんじゃない。でも、ぼくのみみはまるいから。

フラッシュバックする。
今までも――異世界に来てからずっと、断続的に。浮かんでは溶けて弾けては沈み、つまり思い出してはまた忘れを繰り返していた、記憶。
子供の頃の――たぶん、五歳よりも前の。
日本《向こう》にいた時には完全に亡失していた記憶。
そうだ。
あの子は――金色の髪と翠色《みどりいろ》の目をしたこの子は。

僕の問いに、こう答えたんだ。

――わたしはエルフだから、みみがながい。

「なんで……？」

甦《よみがえ》った記憶は断片的で、気を抜くとまた心の奥底に埋もれていってしまいそうで、だから今はたとえ断片だけでも忘れてしまわないように必死で。

わからない。まだ、わからない。

どうして僕とこの子は、カレンは。

幼い頃に、会話を交わしたことがあるんだろう。

4

よほど疲れていたのか、彼女が起きてきたのはまる一日後。

次の日の朝だった。

僕が居間のソファで寝ていると、階段を下りてくる足音がする。僕もそれで目を覚まし、身を起こした。伸びをしつつ出迎える。

ガラス戸が開き、彼女——カレンが、入ってきた。

「おはよう。……って、お前も一緒だったのか」

「わう！」

カレンの足元にショコラが寄り添っている。昨日の夜、僕が眠った後は寝室のドアの前にいたようだ。

「おはよう。……ショコラ、おっきくなった」

「わうっ！」

カレンが僕へこくりと頷きつつ、しゃがみ込む。

そしてそのまま、わしゃわしゃわしゃわしゃ。

「よしよしよしよしよしよし」

「くぅーん。きゅー……」

「っ……お前……お腹まで見せて……！」

ショコラは満足げに仰向けとなり、撫でられるに任せている。完全に堕《お》ちていた。僕や父さんの前でも滅多に見せないトロ顔だった。

ただ、僕はもうそのことを不思議には思わない。

ショコラが彼女に懐いているというのは、つまりそういうことなのだ。

昨日、この娘を寝室に運んでからまる一日。

考え、思考の整理をする時間はじっくりあった。

「あのさ、カレンさん……で、いいんだよね」

「カレン」

「うん、カレンさん」

「違う。カレン」

「だからカレンさ……」

「カレン」

「かれん」

「ん。カレン」

呼び捨てが正しいらしい。いや女の子を呼び捨てにするのハードルが高いぞ……。でもきっと、昔の僕はそうしていたのだろう。

そして——どうやら彼女にとって僕の存在は、再会と同時にキスしてくるまでに大きいようで。そこから目を背けるような真似《まね》を、してはいけないと思う。

立って掃き出し窓のカーテンを開けた。

「お腹空いてるでしょ？　缶詰とかしかないけど……ショコラの朝ご飯も出さなきゃいけないし、一緒に食べよう」

まずはお腹を満たしてから、始めようじゃないか。

†

カレンは寡黙にもぐもぐと食べるタイプで、なんだか可愛らしかった。けれどやはりよほど空腹だったのだろう、目の前のものがなくなるとじっと僕を見て、僕が「まだいる？」と問うと「ん」と頷き、おかわりを差し出すと再び寡黙にもぐもぐと食べ――缶詰を七つとレトルトのおかゆを三パック、それから二リットルのペットボトルをまるっと空っぽにすると、ようやく箸を置いた。

すごかった。でもまあ、人心地ついたようでよかった。

食後のお茶を淹《い》れつつ（戸棚に茶葉があった）、僕は改めてテーブルを挟んでカレンに向き直る――L字のソファーだから正確には斜めにだけど。

「えっと、まずは謝らなきゃいけないことがあるんだ」

お茶をひと口飲んでから、僕は切り出した。

「実は昨日まで、きみのことを覚えてなかった。今も、断片的にしか思い出せない……カレンって名前とか、子供の頃に話したことがあるっぽいことはわかったんだけど、実際はまだほとんどのことが……ごめんなさい」

「ん。スイの状況はわかった。こっちからも幾つか質問させて」

カレンは驚くでもショックを受けるでもなくこくりと頷く。その顔と口ぶりから、ある程度この状況を予想をしていたことが窺《うかが》える。

ただ続いた彼女からの問いは、僕の意表をついた。

「家。電気、どうしてつかないの？」

「え……だってそりゃ、ここ、僕からしてみれば異世界だし」

「異世界だから電気はつかない。スイはそう考えてる？」

「うん……ってかそれ以外になにが」

というかこの娘、電気の存在を知ってるの？

「水道はちゃんと繋がっている。だったら、……と同じ魔術を行使しているはず。なのに電気がつかない……」

「えっと、カレン？」

「ん……ごめんなさい。次の質問。スイは五歳より前の記憶、どのくらいある？」

「五歳、って。小学校に入学するより前……か」

「全部覚えてる？　なにも覚えてない？　それとも――」

と。

ひと呼吸置いて、

「――私に言われるまで、なにも覚えていないということ自体、意識していなかった？」

「……っ！」

カレンは、僕の核心を突いた。

そうだ。

まさに彼女の言う通りだった。

小学校入学以前、僕はどんな暮らしをしていたのか。どんな人と遊んで、どんなふうに毎日を過ごしていたのか。

考えてみれば、覚えていない。

いや——覚えていないことに、意識が向かなかった。

「うそだろ。そんなこと……あるのか」

僕はぞくりとする。

今までなんの違和感もなく過ごしてきた。ごくごく普通に生きていたと思っていた。五歳以前の記憶が自分にないなんて、考えたこともなかった。

「スイの状態は推察できた。おそらく、記憶の自己封印。融蝕現象の消失に伴い体内の魔導器官が位相喪失。その余波でまだ幼いスイは、無意識で自分に辻褄《つじつま》合わせを行った。『修正《リペイント》』も働いているかもしれない」

「いやごめん単語の八割以上がわからない」

ゆうしょくげんしょう？

まどうきかん？

りぺいんと？

「だいじょぶ。要約すると、スイの記憶はこれから少しずつ甦る。今は位相蘇生《そせい》した魔導器官が馴染《なじ》んでいる最中だと思う。直近で優先的に必要だと身体が判断した分の魔術は、既に稼働させているみたいだから」

「魔術……僕が？」

「ん。家の水道とか。『食糧庫《ストック》』は……まだ？　私は見てないけど、変異種を倒した力は確実にそれ。観測する限り、魔眼はもう馴染んでるし体内魔力循環も安定してる。よかった」

カレンは僕へと身を寄せ、頭を撫でてきた。

「スイはがんばった。えらい。よしよし」

その優しい手付きに懐かしさを覚える。

ああ、僕は子供の頃、五歳よりも前。彼女にこうして撫でられたことがある――浮かんできた記憶はしっかりと心が握って、もう霧散することはない。

「わう！」

「ん、ショコラもがんばった。よしよし。……スイをずっと守っててくれたんだね。さすがはクー・シー」

カレンの膝に頭を乗せて「ぼくもぼくも」と撫で撫でをねだるショコラ。そして空いた片方の手でショコラも褒めるカレン。

『くーしー』ってなんだろうと思いつつ、まあショコラがずっと僕を守ってきてくれたことは、間違いない。

ひとしきり僕とショコラを撫でまわした後、カレンは向き直る。

気配を引き締め、姿勢をただし、どこか張り詰めた面持ちで、彼女は再び問うてきた。

「スイ、もういっこ」

「あ、うん」

「おじさま……カズテルは、一緒じゃないの？」

カズテル。

波多野和輝《かずてる》。

「それ、は……」

僕の父さんの――名前だ。

話すのを逡巡してしまったのは、彼女の表情。

その顔を見て、わかってしまった。

カレンは父さんのことも知っていて、きっと会ったことがあって。

そして、大切に思ってくれているということを。

どう話せばいいのか、どんな顔で話せばいいのか。

そもそも僕が耐えられるのか。

少しの間、息を整え――迷った結果、できるだけ短く簡潔に話すことにした。

「父さんのことだよね。実は……」

事故に遭って、亡くなったこと。

遺品を整理していたら、この家の存在が判明したこと。

ショコラと様子を見にきたこと。

そしたら家と庭と畑ごと、異世界転移したこと――。

説明しながら声が詰まった。異世界に来てからがあまりに目まぐるしすぎたけど、父さんが死んでからまだ十日くらいしか経《た》っていないんだ。

――すべてを話し終える。

僕が口を閉じても、カレンはなにも言わなかった。

最初に「事故に遭った」と告げたその時に、大きく目を見開いて――以降はじっと僕の目を見つめながら、僕の声を聞いていた。

そして今、その視線は俯《うつむ》きテーブルに落とされ、両膝の上でぎゅっと握った拳は少し震えていて。

どれくらいそうしていただろう。

テーブルの上に透明な雫《しずく》がひとつ、ふたつ。

「カレン、その」

「だい……じょ、ぶ。一番つらかったのは、スイ」

「でも、きっときみも……」

「今はまだ、泣いてる場合じゃない」

「くーん」

「ショコラもありがとう。お前もつらかったね」

膝元から見上げてくるショコラにカレンは身を屈め、一瞬だけしがみつくと、姿勢をただして顔をあげた。

「おじさまのことを悼むのは、家族全員でじゃないとだめ。ヴィオレさまが来てからにしよう」

「そっか……わかった」

と僕は返事をして、直後、

「……ん？」

カレンの言葉の意味がよくわからなかったことに気付く。

「いま、なんて？」

「家族全員でじゃないとだめだって言った。安心して、ヴィオレさまもすぐ……」

「いや、そのあと。というかそこ、いまのところ！　家族全員、ってどういうこと？　その、ヴィオレ、って人、誰？」

僕の困惑した声に、カレンはきょとんとして首を傾げる。

そして、なに言ってんだみたいな顔をしたまま――言った。

「あなたのお母さんだけど」

「僕の母親、異世界人だったの!?」

5

母親は失踪した、ってことになっていた。

だからこれから先、会うこともないのだろうなと思っていた。

なのに母はこちらの世界で健在で、それどころかこっち出身の異世界人で、今は僕に会うため家に向かっている――。

知らされた事実に驚天動地である。だけど心のどこかで納得もしてしまった。そもそもの話、カレンと僕の関係からしておかしいのだ。

僕（とショコラ）はこの家ごと異世界に転移した、それは間違いない。なのに、この世界の住人であるカレンが僕の古い知り合いである。

これはいったいどういうことなのか。

過去、僕になにがあったのか。カレンと僕はどうやって知り合ったのか。父と母の間になにがあったのか。

思い出そうとしても思い出せない。

これまで――異世界に来てから何度か、なにかを思い出しそうになったことがあったのに。その記憶の欠片《かけら》を再び喚《よ》びだすことが、どうしてもできない。

「無理はしなくていい」

カレンが僕の隣に移動してくる。

「さっきも言ったけど、記憶は自然に戻ってくるはず。沼の底に沈んでいるものを無理に探そうとして潜っても、溺れてしまうだけ。浮かんでくるのをゆっくり待っていればいい。浮かんできたら釣り上げればそれでだいじょぶ」

「そう……なのかな」

「ん。必要なのは落ち着くこと。あとはきっかけ。私と会って、スイは少し思い出した。ヴィオレさまに会えばもっと思い出す」

「でも、本当に少しだけだ。僕はきみのことをまだ、ほとんどわかってない」

「だいじょぶ。魔導器官が位相蘇生しつつあるのは間違いない。だったら自己封印もいずれ解ける」

「その、まどうきかん、っていうのはなに？　いそうそせい、って？」

さっきは知らない単語があまりにも羅列されすぎたのでつっこむ余裕がなかったけど、今度は数がふたつだけだし、尋《き》いてみてもいいだろう。

「魔導器官は魔術を行使するための不可視臓器。こちらの世界の生物はみんな持ってるもの。スイのそれは、位相を戻して蘇生している最中。……あと、もちろんショコラも同じ」

「わう？」

僕の代わりに疑問の鳴き声をあげたショコラを撫でながら、

「つまり、スイとショコラは今、魔導に目覚めつつある最中」

「魔導……魔術に？」

カレンはそう言った。

「ん。変異種を倒せたのが証拠」

「……魔術には、どんなものがあるの？」

「ここに来てから、スイの周りで起きた、スイにとっての不思議なことは、たぶんすべて魔術。どんなことがあった？」

思い返すように、ひとつずつ挙げていく。

「ショコラも僕も、身体能力がすごく上がった。ショコラはドラゴンの首をすぱーんってやったし、僕も筋力とか瞬発力が上がってる」

「それは身体強化。魔力が身体に巡っていれば無意識に発現する。意識して練習すれば、強化率をすごく高めることもできる」

「あと、ギリくまさん……ああいや、あの熊みたいな化け物を倒す時、剣に黒い靄が発生した。あれをひっつけたら、化け物の動きがすごく鈍くなった。ショコラもジャンプして、ぴかーって光って、ずどーんって」

「それは属性魔術。人にはそれぞれ固有の魔力色があって、魔術にはその色に準拠した属性が付与される。魔力色は、瞳によく現れる」

瞳――僕はごく普通の日本人だけども。

「スイの属性は闇で、ショコラの属性は光」

「やみ……闇なの？　ダークネスの闇？」

「ん。生来の闇属性は希少。属性を重ね尽くすと闇に行き着くから、魔導の極致と言われてる」

「それって、すごいの？」

「すごくすごい」

「すごくすごいのかあ」

……まあ、呪われし力とか邪悪の証とかそういうのじゃなくて安心した。

「じゃあショコラの光は？」

「光は単一にして無。万物を輝き照らす導《しるべ》、魔力の始原にして魔導の根幹。これは人間には持ち得ないもの。ショコラもすごくすごい」

「わうっ！」

主人が闇で犬が光……普通こう、逆じゃない？

光の勇者が闇の番犬を従える、みたいな……。

「くぅーん？」

「まあでも納得だよ。うちの犬はえらいもんな！」

「わんっ！」

わしゃわしゃと撫で回す。

実際、ショコラは光だよ。僕にとっての——お前がいたから、僕は父さんの死を乗り切れたし、異世界でも途方に暮れずに済んだ。

「スイ、他に起きた不思議なことは？」

「あ、そういえばあれだ。大事なことを忘れてた。結界だ」

「結界？」

「うん、家の周りに結界があるみたいでさ。なんか、外からの攻撃を防いでくれるんだよね。ドラゴンが突進してきた時も、熊の化け物がいろいろしてきた時も、全部ばきーんって弾いてくれて。異世界転移して、家にもなにか不思議な力が備わったのかな？」

僕の推測を告げると、カレンは何故か黙り込んだ。

少し考えるそぶりを見せ、何秒かの後、

「ん。……それは……わかった。今はその認識でだいじょぶ」

そんな奇妙なことを言った。

「どういうこと？　違うの？」

「大まかには違ってる訳じゃない。だけど、正確には違う。そんな感じ。詳しいことはヴィオレさまが来てからの方がいい。私が今これを説明してしまうのは、沼に潜るのと同じになる。溺れてしまう」

「さっきのたとえ話か。無理に詰め込むとよくない、ってこと？」

「ん。ごめんね、もやもやする？」

「いや、もやもやは確かにするし気にもなるけど……『今はその認識で大丈夫』って、さっきカレンは言ったよね？　だったらそれでいいかなって」

実際、カレンのことは信頼している。

異世界に来て、いろいろ訳がわからなくて、それでもなんとかなって――けれどこの数日がなんとかなったからといって、この先も同じであるかはわからなくて。

そんな中、カレンが来てくれた。

マントもぼろぼろ、髪も乱れて、泥で汚れて――そんなになってまで、僕らを探して来てくれたのだ。そんな彼女が「今はまだ」と言うのであれば、僕に否やはない。

「僕がなんとなく昔のことを思い出せたのも、カレンのおかげだしね」

「なるほど。じゃあ、またキスする？」

「急に！　なんでそうなるの!?」

隣に座っていたカレンが更にずずっと身体を寄せてきた。

身体はほぼ密着している。実質もう抱擁では？

「スイは私とキスするのは嫌？」

「嫌とかではないです、でもですね、その、僕はまだきみのことをよく思い出せてませんし、なのにそういう行為を気軽にやるのはあなたに失礼だなって。あ！　ひょっとして異世界ではキスって挨拶とかだったりするの？」

「しない。唇と唇を合わせるのは恋人が愛を示す行為」

「文化は同じで安心した！」

カレンが顔を近付けてくる。

吐息が鼻先に触れる。温かい。

やばい。どきどきしてどうにかなりそうだ。

「だいじょぶ。昔はいつもキスしてたから」

「え、マジで？」

「まじ。一日五回くらいしてた」

「過去の僕はなんなの？　五歳とかだよね？　マセガキすぎない？」

「だから、キスしたらなにか思い出すかも。ね？」

そう言って迫ってくるカレンの顔——微笑みの中、唇の端がほんの少しだけぴくぴくするのを見て、僕は不意にはっとした。

「……嘘だ。さすがに子供の頃、そんなことしてなかった」

「どうしてわかるの？」

「唇がちょっとぴくぴくするの、カレンがいたずらする時の癖だから」

居間の壁、左奥の隅。

そこに、少し目立つ汚れがある。

あれは僕とカレンがクレヨンで落書きしようとした、未遂の跡だ。

発案はカレンで、ヒビ割れを描いてびっくりさせよう、って。それを僕にこっそり話す時の彼女は、今と同じように唇の端っこをぴくぴくさせていて——結局、父さんに見付かって叱られたんだったっけ。

子供の頃の僕らは、そういう他愛ないいたずらをよく企《たくら》んでいた。父さんと■さんの■室にびっくり箱を置いたり、庭の畑にこっそり花の種を植えたり。その度にカレンの唇は、端っこがぴくぴくしていた。

それを指摘されて、カレンは。

一瞬だけ目を見開き、感極まったような顔になって、

「……んむ」

僕の唇を、そのまま奪った。

「わあああ!?」

咄嗟《とっさ》に彼女の肩を摑んで引き離すがもう遅い。いや本当、嫌じゃないんですよ、むしろこんな可愛い子に迫られたらそりゃ嬉しいですよ？　でもやっぱりまだそういう関係になっていないのにこれはよくないと思う訳で！

「確かに、子供の頃のことは嘘。一日五回もキスしてたのは私たちじゃない」

「やっぱり嘘じゃないか！　よかった僕がマセガキじゃなくて」

「でも、キスすると思い出すのは本当」

「え？」

動揺する僕にカレンは続けた。

「私の癖。家族しか知らない、他人は気付いていない癖」

今度はいたずらではない本物の、嬉しそうな笑顔を浮かべて――。

「ね？　私のことひとつ、思い出してくれた」

インタールード　北東グレゴルム地方　シデラ村

ソルクス王国、北東グレゴルム地方。

『虚《うろ》の森』の南端、森の終わりを北に臨む平原にシデラ村はある。

王国法の定義上『村』と呼ばれてはいるが、都市と言っていいほどの規模と人口を誇る、辺境の一大集落だ。

世界に三つあるとされる『神威《しんい》の煮凝《にこご》り』のひとつ――深奥部に変異種どもの群生地を抱えた『虚の森』からは、時折、凶悪な魔物たちが進出してくる。それを駆逐するために王国は兵士の屯所を、冒険者組合《ギルド》は支部を設置し、有事の際には総出でことに当たれるようにしていた。

加えて森の表層部に棲《す》まう魔物たちや、この森にしか分布しない固有植物、発掘される希少金属などは、国にとって重要な資源でもある。それらの産出を軸にしてシデラ村は潤い、成り立っているのだ。

そして、今。

その村へ、王立魔導院から『特別先遣隊』を名乗る一団が訪れていた。

冒険者ギルド、シデラ支部の応接室。

ギルド支部長クリシェ＝ベリングリィは、特別先遣隊隊長であるセーラリンデ＝ミュカレと、お茶を片手に顔を突き合わせている。

「物資の搬入は承知した。ケリーズ商会あたりに空き倉庫を用意させよう。人員の受け入れに関しては、通達はするが、宿泊周りはそっちでやってくれ」

「ええ、騎士団の生活拠点についてはもちろんです。ただ、場合によっては長期滞在となる可能性がありますが……」

「治安が乱れなきゃそれでいいさ。まあ、王都勤めのお行儀いい連中にとっちゃここは蛮地かもしれんから、折衝には気を付けてくれ。屯兵の奴らもうちの流儀に染まってる。同じ王国兵と思わん方がいい」

クリシェ＝ベリングリィは冒険者からの叩《たた》き上《あ》げ、辺境に流れ着いた荒くれどもをまとめるに相応《ふさわ》しい強面《こわもて》の男である。一方で先遣隊長のセーラリンデはたおやかな外見の女性。一見すれば、いかつい風貌の壮年男がか弱い女性をいびっているようだった。

だがセーラリンデはお茶を優雅にひと口含むと、クリシェへ肩をすくめてみせる。

「はあ……久しく見ない間に、クリシェ坊やもすっかり尊大な態度が板につきましたね。その板が鼻にならないよう心得なさい」

「……っ、仕方ないだろう。支部長ともなれば威厳が大事なんだよ威厳が！」

「まあ、小鬼《ゴブリン》を前に半泣きで腰が引けていた三十年前からよく成長したと褒めておきましょう」

「頼むから昔の話を持ち出さないでくれ！」

セーラリンデに対し、たじたじになっているのはクリシェの方であった。

「まったく。せめて外見が年相応の奴に言われるなら格好もつくんだが。七十を超えた婆《ばあ》さんが、未《いま》だに小娘みたいななりをしやがって」

「だから魔導の鍛錬を怠るなとあれほど言ったでしょう。剣にばかりかまけていなければ、あなたも今頃まだ三十路《みそじ》くらいには見えるはずです」

「そもそも持って生まれたもんが違うんだよ！『魔女』の称号を持つあんたの基準でモノを言うなよ。……それで、先行したっていうあんたの上司は？　シデラに来たって報告は聞いてねえが」

「立ち寄ってはいないでしょうね。街道もすべて無視して真《ま》っ直《す》ぐ向かったはずですから。王都とこの森の中心部との直線上に、この村はない」

「はあ？　そんな無茶苦茶なことがあるかよ」

「あるのですよ」

セーラリンデ＝ミュカレ――七十余の齢《よわい》にして未《いま》だ二十代の若さを保つ王国屈指の魔導士は、諦観と羨望の混じった表情を浮かべて湯呑《カップ》を長机《テーブル》に置く。

「あの方こそ、持って生まれたものが違う。私たちは同じ『魔女』の称号を与えられていますが、それは現行法の基準において『魔女』より上の称号がないからに過ぎません。……私よりも遥かに遅く生まれていながら、私の遥か先を行っている。私が生涯を三つ重ねても、あの方の二十年前にすら辿り着けはしないでしょう」

「……話には聞いていたが、それほどか」

クリシェはごくりと喉を鳴らす。彼にとって目の前の女性は、若い頃から今に至るまでずっと、化け物の類であった。その化け物がとても敵《かな》わぬと宣言し、嫉妬すら見せずに称賛する存在――『天鈴《てんれい》の魔女』。

「だがシデラの者として言わせてもらえば、そういう存在が森に入ってくれるってのはありがたいことではあるが」

「どうでしょうね。それは今後の状況次第です。あの方は、森の資源にはまるで興味がありません。ただ一方で、この森を拠点に生活する可能性は充分ある」

「おこぼれにあずかれるかもしれない、ってことか」

「ええ。ですがそれも、あの方へ対する十全な協力《サポート》あればこそ。特に支援物資に関しては厳重に管理してください。重要なのは、あの方が欲しいと言った時にそれがあること。なければ終わりです。彼女はこのシデラから興味を失うでしょう」

苦笑とともに語られるセーラリンデの言葉に、クリシェは溜息を吐いた。

「……時々、いや、いつも無念に思うぜ。これだけ多くの者が集まり、これほど多くの時と金を割いて『虚の森』に挑んでも、せいぜいが表層部から中層部にかけてを掻《か》き回《まわ》すのに必死だ。

かと思やあ、飛び抜けた力を持ったたったひとりが単身で深奥部まで悠々と入っていきやがる。数の力が個の力に勝てん状況とは、ままならんもんだよ」

『虚の森』――ひいては『神威の煮凝り』がその探索を困難にしている要因は、ひとえに大量発生する変異種の存在にある。

魔力坩堝《るつぼ》に身を曝《さら》し続け、混合生物《キメラ》としての能力を備えた奴らは、言わば突出の究極に達した『個』である。

それは生半な数を頼りにどうにかなる存在ではない。相対し打ち倒すには、それ以上の強さを持つ『個』をぶつけるしかないのだ。

これはクリシェのような非才の身にとって、とてつもない矛盾と理不尽に感じられた。

「気を落とす必要はありませんよ」

だがセーラリンデは、そんなクリシェをいたわるように微笑む。

クリシェと比べれば遥かに強大であり、しかし『天鈴の魔女』と比べればあまりにも非力な彼女は、だからこそ群れの強さを理解している。

「たとえ『天鈴の魔女』であろうと、彼女の望む物資をひとりで揃えることはできませんでした。シデラのような拠点を造り、維持することもです。そして、か弱い我々が群れとして全力を尽くしてさえいれば……彼女がこの村を頼りにする時はきっと来る」

――二十余年前。

唯我独尊にして専横跋扈、跌宕狷介《てっとうけんかい》にして傍若無人を極めたひとりの魔導士が、ある出会いを境にして変貌した。自惚《うぬぼ》れを控え、横暴さはなりをひそめ、思考は柔軟に、他者を気遣うようになった。

千年にひとりの才を持つ少女が、恋する乙女として頬を赤らめ、貞淑な妻となって夫の隣で微笑み、やがて子を抱くに至り、母の慈愛を得た。

驚くべきことに、孤高の存在であった頃よりも魔術には磨きがかかり、その魔導は更なる飛躍を見せる。十三年前に夫と子を失った際はひとときと荒れたが——それも束《つか》の間《ま》、家族を取り戻すために魔導を更に深化させ、今や歴史にも並ぶ者なき至高の魔女として、世界に名を轟《とどろ》かせるに至った。

生来の身勝手さは抜けず、根は独立独歩であり、他者に対する遠慮がないのは変わらないが、それでも彼女は自分たちを頼りにしている。

自分ひとりではできないことがあると、わかっている。

「だったら私たちが、あの子を支えてやらないとね」

そうつぶやく、セーラリンデ＝ミュカレ。

『天鈴の魔女』ヴィオレ＝エラ＝ミュカレ＝ハタノの、伯母である。

第四章 ✦ 安定した生活を目指そう

1

　こっちの世界にも遠距離通信技術があるそうで、僕はたいそう驚いた。

『通信水晶《クリスタル》』というらしい。魔力の周波数を記録して天空の使い魔に送るとそれを対象の通信水晶《クリスタル》に反射してうんたらかんたら。ごめん、よくわからん。

　さすがにスマホみたいに高機能ではないようで、通信対象はあらかじめ登録した三つほど、通信内容も短文で、送受信にそこそこの時間を要するそうだ。

　あのあと、カレンは『ヴィオレ』――つまり僕の母である人と連絡を取った。それによると彼女がこの家に辿り着くまであと五日ほどかかる見込みとのこと。

　なんでも、僕らが転移してきた場所はけっこうな辺境の森深くらしく、カレンは偶然、その森の中で仕事をしていたから早く来ることができたそうだ。仕事はいいの？　と尋ねたら、どうでもいい、と返ってきた。

大丈夫なの？　職場に迷惑とかかけてない？

ともあれ、母は森から遠く離れた場所にいたとのことで。まずは森に入るまで二日、そこからここへ辿り着くまでに三日――正直、五日後に不安を抱いている自分がいる。

僕は母さんのことをよく知らない。これまでずっと父子家庭で育ってきた。少なくともそういう認識で生きていた。寂しいと思ったことはあまりなかったし、正直に言ってしまえば恋しいという気持ちも、恨みがましさすらない。

ただ、それは単に思い出せていないだけという可能性があって。

母と対面した時、僕はどんなふうになるのだろう。

もし無感動のままだったら申し訳ないと思う。母はもちろん、カレンや父さんにも――父さんはずっと、僕へ言い聞かせてきた。


――母さんはお前のことを愛していた。もちろん父さんのこともだ。

俺たちと一緒に暮らしていないのは、のっぴきならない事情があるんだ。

俺たちを、お前を捨てた訳じゃない。

絶対にない――。

父さんは信じていたのだろう。

いつかこうして、異世界に行き、母と再会することを。

「待てよ。……そもそも、父さんが異世界に行ったのか？　それともカレンたちが異世界に来たのか？　なにがどうなってこんな状況になってんだろ」

畑を耕しながらひとりごちるが、返ってくる声はない。

――そう。

いま、僕の傍らにショコラはいない。

カレンと一緒に、狩りに出かけてしまったのだ。

数時間前。カレンが母さんとの連絡を終えて居間に戻ってきてから。

昼食も缶詰になるけどいい？　と、何気なく僕が尋いた時のことだった。

「この備蓄を消費するの、今日からしばらくはできるだけ控えた方がいい」

「え、どうして？」

問い返した僕に、彼女は微笑んで、

「どうしても」

「どうしてもときたか……でも、お昼ご飯が抜きになっちゃうけど」

「だいじょぶ。私とショコラが調達してくる」

「調達って、森で？」

「ん。ショコラ、行けるよね？」

「わうっ！」

ショコラも賛成したので、そういうことになった。

僕はまだ森の中を歩き回るのは怖かったので、留守番である。なので手持ち無沙汰に畑を耕していているという訳だ。


雑草を引っこ抜いて掘り返し、有機石灰を混ぜて土を作る。こういうのやったことないけどどうしようと思っていたが、二階の書斎に『今日からはじめる家庭菜園』という本があった。ありがとう父さん。……これもう絶対、僕が異世界転移すること予想してたよね？

喉が渇いたので井戸へ行き、ポンプから水を汲《く》み上《あ》げてコップに注ぐ。水の具合がわからないのでずっと飲用を避けていたのだが、カレンいわく「だいじょぶ」とのこと。水道から出るものも井戸のものも、安全だそうだ。


ただこれも理屈は教えてくれなかった。

どうやら、僕の忘れている記憶に関する諸々を、カレンはあまり話したくないらしい。

たぶん、他人に教えられても思い出したことにはならない、ってことなんだろう。そしてそれはつまり、戸棚の備蓄や水道周りに、僕の記憶に関するなにかがあるということだ。

正直、すごく気になる。気になるのだが——、

「わんっ！」

「ただいま」

「あ、おかえり」

カレンとショコラが狩りから戻ってきたので、ひとまず棚上げにしますか。

「成果はどう……うお、ショコラすごいなその格好」

「わう！」

ショコラの胴体には野草の束が結え付けられている。白銀の毛並みに緑の草が乗っかり、そこに黒い紐がぐるりと巻かれてる図がなんかこう、

「ベジタブル寿司《すし》みたいだな……」

「わう？」

「美味《おい》しそう、ってことだよ。よしよし、よく運んできたな！　えらい」

「わうわうわう！」

駆け寄ってきたショコラを撫でつつ、背中の野草を下ろしてやる。

「カレンの獲物は？」

「ん」

つい、と差し出してきた手に、脚を握られた鳥が逆《さか》さ吊《づ》りにされていた。

……と、思ったのだが。

「……って、なにこれ!?」

よく見ると、鳥ではない。

脚に繋がった胴体は鱗《うろこ》に覆われており、背中には蝙蝠《こうもり》に似た翼。頭は蛇とワニを足して割ったみたいな形状で、つまりは、

「ちっちゃい、ドラゴン……」

「トゥリヘンドっていう。正確には亜竜種。竜族《ドラゴン》とは別物」

「亜竜？　どう違うの？」

「竜族《ドラゴン》は知性体。私たちと同じで文化もあれば言葉も話す」

「まじか……ファンタジーだ……」

「この森にも集落があるかもしれない。もしあったらご近所付き合いしなきゃ」

「ますますまじかー……あ、そしたら僕らが初日に出くわしたあのドラゴンは」

「ん。話に聞く限り、ワイバーン。このトゥリヘンドに近い。間違っても竜族《ドラゴン》と一緒にしてはいけない。一緒にされると切れる」

「そうなんだ……会った時に気を付けよう」

できれば会いたくないけど。こわい。

「それで、そのトリ……じゃなかった、トゥリ……」

「トゥリヘンド」

「それそれ。美味しいの？」

「美味。亜竜種の中でも素早くてなかなか捕まえられない。獰猛《どうもう》で、人里に現れたら甚大な被害が出る。……そんなのがうろうろしてるの、この森くらいだと思うけど」

「こんなのがなあ」

ドラゴン——正確には亜竜だけど——の肉って、異世界ものでは定番だったはずだけど実際どうなんだろう。ちょっとわくわくしてきた。

ひとり期待していると、カレンがじっとこちらを見ているのに気付く。

「……どうしたの？」

「トゥリヘンドは素早くてなかなか捕まえられない」

「さっき聞いたけど……」

「私は捕まえた。二羽《わ》も」

「二羽って数えるんだ」

「そこじゃないもん」

ずず、と近寄ってくる。ジト目で睨みながら。

「ショコラのことは褒めた」

「え」

「ショコラのことは褒めたのに！」

「ああ……ごめん！　そうだよね、頑張ってくれたもんね！　ほんとごめん、気が付かなくて……せっかく獲《と》ってきてくれたのに」

どうやらアピールしていたらしい。ちょっとわかりにくかった……。

でも狩りをしてきてくれた相手に感謝の気持ちを伝えるのは最低限の礼儀だ。これは僕が完全に悪い。反省しよう。

「じゃあ……ん」

トゥリヘンドを持ったまま、ずい、と頭を出してくるカレン。

「え？」

「ショコラのことは撫でた」

「……カレンのことも撫でるの？」

「ん！」

「褒める行為のハードルが高い……」

僕はおずおずと軍手を外し、彼女の頭を撫でる。

素手で畑仕事をしてなくてよかったと思った。

淡い金色の髪の毛は柔らかくて、まるで絹みたいだ。

昨日までと違い、カレンは髪を後ろで結わえている。だから長く尖った耳が露になっていて、頭を撫でるに任せてそれがへにゃりと垂れていく。

――なんだか恥ずかしくなり、顔を赤くしながら手を離す。

「よし！　それじゃあ、昼食は僕が作るよ」

照れ隠しみたいに声を張った。

アウトドアコンロも倉庫にあるし、せっかくだから庭で食べようか。

2

トゥリヘンドの解体はカレンにやってもらった。とはいえもちろん、僕も見学した。いずれできるようになるため、あれこれと教えてもらいながら。

羊を捌《さば》く映像を中学生の頃に動画で見たことがあったが、あれよりも遥かに小さいとはいえ、実際に目にするとなるとやはりなかなかつらいものがある。でも、本来はこれが当たり前なのだ。慣れなきゃね。

ともあれ、トゥリヘンドは最終的に鶏肉《とりにく》みたいな状態となった。胸肉、もも肉、手羽肉——いやほんとほぼ鳥だなこいつ。

では調理である。

庭にアウトドアコンロ、俗にいう薪ストーブを設置。

キャンプの経験はほとんどなく、これも触るのは初めてだ。二階の書斎にアウトドア入門の本があったのでそれを読んで付け焼き刃でチャレンジする。

新品の状態だと工業油が焼けるのでいきなり料理するのはよろしくないようだが、これは何度か使われた形跡がある。父さんがやってくれたのだろう。

「スイ、枯れ木を集めてきた」

「ありがとう。なんか、おんぶに抱っこだな……」

「私のこと抱っこする？」

「そうじゃありません」

カレンは隙を見てぐいぐい来る。僕のピュアハートは内心ばっくばくである。

作業に集中しよう。木屑《きくず》や、枯れた針葉樹の葉を火種にしてライターで着火。ちょっとどきどきしていたが、普通に薪へと火が燃え移ってくれた。

「よし」

あとは適当に薪を足しつつ、調理開始。

まるで未知の異世界食材だけど、形状は鶏だし、カレンも「鳥に近い」って言ってたから、同じように扱うことにする。

胸肉は蒸して、手羽肉は煮物、もも肉は焼きでいこう。

塩、醤油、みりん、酒。キッチンにあった調味料を使い、下ごしらえをする。あまり使わない方がいいと言われていた台所の備蓄だが、今回は大目に見てもらった——というか、うちの調味料を使わなかった場合、味付けがカレンの携帯していた塩しかない。僕がこっちに来るより前から、森の中で仕事（という名のほぼサバイバル生活）をしていたそうで、今は下味の付いた肉をきらきらした目でじっと見ている。

「わう……」

「はいはい、お前の分も忘れてないよ」

「わんっ！」

ショコラには――安全性とかがわからないから、これも鶏だと思って処理しよう。鶏肉を犬に生で与えてはいけない。骨もダメ。鋭いから喉や胃を傷付けるおそれがある。なので胸肉と、それから骨を外したもも肉をぶつ切りにして、無塩で茹《ゆ》でる。……あの強さを見るに骨くらいじゃ怪我しなさそうだけど、念のためだ。

ショコラが背負ってきてくれた野草の中には香りの強いものがあって、ローズマリーにちょっと似た匂いがした。それと一緒に、下ごしらえした胸肉を酒で蒸す。直火《じかび》ではなくストーブの上に載せてじっくりいこう。

手羽肉は煮込み。酒、みりん、醤油で和風の味付けだ。煮込みというより煮物になるか。出汁がないのが少し寂しいが、これもカレンとショコラが採ってきてくれた野草――茎が太い、根菜っぽいやつ――数種類と一緒に煮る。

もも肉は塩を振って、シンプルに焼き。出てきた油で、葉物の野草をソテーする。ちなみにさっきから全部『野草』とまとめているが、どれも違う種類で、でも名前を知らないので『野草』としか言えない。

「くくっ……」

だんだん笑えてきた。

よくわからない竜の肉に、よくわからない香りの野草とよくわからない野草の根っことよくわからない野草の葉っぱ。材料がすべてよくわからない。僕はいったいなんの料理を作っているんだ。

まあ調味料や調理器具、調理法は間違いなく見知った地球のものだし、どうにかなるだろう。

薪ストーブはかなり大きめで、上蓋がふたつ並んでいる。これを外せば直火コンロに早変わりなのだが、火元がふたつあるのはめちゃくちゃ助かる。

それでも茹でたり煮たり焼いたりしていると、けっこうな時間がかかってしまった。蒸しものに至ってはコンロが塞がってしまうので、まだ手を付けられていない。

カレンたちが狩りから帰ってきたのは昼前のことだったが、今はもう太陽が中天よりもやや下がっている。たぶん二時くらいか。

「……昼だけじゃ食べきれない量があるし、そろそろいいかな」

居間の掃き出し窓を開けて縁側にし、そこに腰掛けて食べることにする。ちょっと行儀が悪いけど、お皿は傍らに置きつつ、ピクニックみたいに膝に載せて。

昼のメニューはトゥリヘンドのもも肉焼き（野草のソテーを添えて）。それからトゥリヘンドの手羽肉煮込み（野草の根っこと一緒に）。

蒸しトゥリヘンド（野草で香り付け）はこれからなので夕食にする。

「ほんとに全部未知の材料なんだよな。大丈夫か……？」

「すごい、スイ」

僕の不安とは裏腹に、カレンは目を輝かせていた。

「これ、向こうの世界でできるようになったの？」

「うん。父さんは仕事が忙しかったから。ご飯は僕の分担だったんだ」

「そう」

ぽつりと言いながら、僕の頭をぐりぐりと撫でてくる。

「えらいね」

「そんなでもないよ。でも、上手くできてるかわからないから褒めてくれるのは食べた後でお願い」

「ん、わかった」

いただきます、と。

声をかけ合って僕らはまず、もも焼きにかぶりついた。

「よかった、成功だ」

「ん……美味《ほひ》ひい」

肉質は鶏に似ているものの、抜けるように爽やかな、どこか花のような匂いがする。脂は濃厚でややしつこくも感じるが、裏を返せば後を引くということ。

今まで味わったことのないものだけど、確かにこれは美味しい。

気になっていた付け合わせの葉野菜は、ほうれん草と春菊を混ぜて野趣を足したような味がした。香る青っぽさにほのかな苦味がアクセントになっている。いちおう水に浸けてあく抜きをしたが、正解だったかもしれない。

続いて煮物。これもけっこう上手くいった。

トゥリヘンドの濃い脂が煮汁に溶け出て、強烈ながらも癖になる味がする。根菜は牛蒡みたいな繊維質の歯触りをしたものと、人参をフルーティーにした感じの太めのやつ。どれも煮汁の味に負けておらず、それでいて喧嘩はしていない。ただ欲を言えば、大根みたいな味の染みるものがベストだったかな。

「美味しい。すごく美味しい。スイは天才。今まで食べたトゥリヘンドの肉で一番美味しい。宮廷料理よりも美味しい」

「そんなに……？」

「そんなに！」

「わんっ！」

「お、ショコラも満足か」

「わおん！　はぐっ」

ショコラのは茹でただけだけど、そもそも肉の味がいいからなあ。

「ね、晩ご飯はいま作ってるやつ？」

「うん。たぶんさっぱりした感じの味になってると思う。煮物も半分残ってるから、そっちと合わせて夜には丁度いいかもね」

「そう、楽しみ」

微笑みながらもぐもぐと、小リスみたいに煮物を頬張るカレン。

彼女は水をこくりと飲んで人心地つくと、少しだけ僕に身を寄せて言った。

「ヴィオレさまが来たら、料理、作ってあげてね」

「うん……そうするよ」

母さんは喜んでくれるだろうか。

不安と期待のないまぜになった気持ちのまま、僕は煮物を口に入れる。

3

さて、お腹がいっぱいになると、眠くなる。

これはもう宇宙の開闢《かいびゃく》から存在している真理であり、人の意思ごときではどうしようもない。

ただここで「よっしゃ昼寝でもするか！」と庭に寝転ぶほど僕は豪胆ではなかった。……というか、ついこの先のことを考えてしまったのである。

昨日までは『今日』を生きることに気を取られていた。文字通り、明日をも知れぬ身というやつだ。この先どうしようか、という思いはあれど、どこか漠然としていたからひとまずは目先のことに集中できた。

だけどカレンが来てくれて、狩りで獲物まで仕留めてくれて、ひとまずは生活の目処《めど》が立ちそうで、おまけに顔を覚えていない母親が五日後に来るという。

そうなると漠然としていた未来が具体性を帯びてくる。明日、明後日《あさって》、一週間後、一月後、半年後――この先、僕はどうなるのだろう。この異世界でどういうふうに生きていくのだろう。そんな詮ない思考に囚《とら》われて、なのに眠気は容赦なく襲ってきて、いっそ思考から逃げるために眠るのもありか？　などと考えていた。

ショコラがやってきたのは、そんな折である。

縁側に腰掛けて物思いに耽《ふけ》っていた僕のところへ、てくてくと。

口に咥《くわ》えているのは――リード。

「お前それ、どこから取ってきたんだ」

「わう」

リードをばさっと足元に置くショコラ。

確かこの家に来て、ハーネスごと外して……そのまま玄関先に置きっぱなしだったかもしれない。

「もしかして、散歩したいのか？」

「わうっ！」

「でもなあ……家の外に出ていいものか」

「くぅーん」

正直、散歩そのものはいい提案だ。気分転換になるし、余計なことを考えずに済む。

ただしここが、異世界の森の中でなければ。

カレンやショコラはさっき狩りに出ていたけど、正直、僕はだいぶ不安だ。変な魔物に襲われたりしたら勝ち目がない。

だけどショコラのこの顔を見てると、連れていってやりたくなる。尻尾をぶんぶんと振って期待する目。以前ならノータイムで頭を撫でてリードを繋いでいたところだ。

森の中で暮らしていく以上、こいつとそんなふうに散歩ができるのはもう二度とないのかな。それは嫌だな。だってショコラはもういい歳だし、いずれ走り回ることも——やめろ僕。考えるな、頼むから。

「ん、散歩？　行ってきてもだいじょぶ」

「え」

懊悩《おうのう》する僕の背後から、不意にカレンが喋《しゃべ》りかけてきた。

「さっき狩りのついでに見て回った感じだと、家の周りに危険な獣はいない。たぶん、ワイバーンと変異種のせい」

「あいつらが来て暴れてくれたから、他の魔物が逃げたってこと？」

「……正確には、スイとショコラのせい」

カレンいわく。

ワイバーンはまだしも、変異種が死ぬような場所に近寄る獣はいない。

何故なら変異種が死ぬような場所には、変異種を殺すような奴らがいるのだから――。

そして　それは　ぼくら
「家からそんなに離れないならだいじょぶ。それに危険がありそうならショコラが知らせてくれるし、万が一、スイが血迷って遠くに行こうとしてもショコラが止める」

「わうっ」

つまり要約すると、主人よりショコラの方が賢いから安心して身を任せろと。

「釈然としないけど、じゃあ、行くかあ」

「わうわう！　わおん！」

リードを手にし、ショコラの首輪に繋いでやる。カレンに見送られて門から家を出る。森の中は想像していたよりも明るくて、樹木もそこまで密集していない。草木を掻《か》き分《わ》けて、とかじゃなく、木漏れ日の下、腐葉土を踏みしめながらの散歩になった。

「いつもだったら僕が引っ張るけど、今日はお前に任せるからね」

「ばうっ！」

頼もしく元気よく吠えるショコラ。いやほんと、日本じゃけっこう大変だったんだぞ？　お前はなんにでも興味を示すし、すぐ匂いを嗅ぎたがるし。側溝のザリガニに鼻を挟まれて叫び声をあげたこともあったよな？

「それが今じゃ、ワイバーンや熊の化け物を真っ二つだもんな」

「わう？」

「立派だなって話だよ」

「わおん！」

ショコラの気分に任せて一緒に歩く。犬の躾《しつけ》としては、こういうのは本当はよくない。主人は自分だと勘違いしてしまうためだ。なのでコース選びは犬ではなく、ちゃんと飼い主が行わなければならない――のだけど。

「お前は僕にとって、家族なんだ。いまさら、躾がどうこうってのもね」

時々、ショコラが立ち止まり、木の根元に後ろ片足を上げてマーキングする。これもきっと、森の獣たちに縄張りをわからせることになるんだろう。

「これからもたまには、こうして散歩するか」

「わうわう！」

シベリアンハスキーの血が入っているショコラは、要求する運動量がとても多い。日本でもそのお陰で僕は運動不足にならずに済んだ。そもそもさっきまでカレンと一緒に狩りに出ていたのにまだまだ全然元気で、散歩にまで行きたがるんだからすごいよね。

――いつまでもずっと、このままでいてくれたらいいのにな。

お爺ちゃん犬とは思えない活発さに、そんな夢みたいなことを考えてしまう。

「わふっ」

「お、どうした？　……いい感じの木の棒だな」

腐葉土の上に落ちていた枝きれを咥えてこっちを見るショコラ。

「くれるのか？」

「ばうっ！」

取ろうとすると抵抗される。強く噛みついたまま離さない。

「くれないのか。……じゃあしばらくはそれがお前の武器だな」

「わふう」

わしゃわしゃと頭を撫でてから再び散歩を再開する。

森の中、木々に囲まれた空間、葉擦れの音に混じって遠くから聞こえる鳥かなにかの声。たぶんひとりじゃ不気味で怖くて歩けもしなかっただろう。

「それがお前と一緒だと、のどかで落ち着く光景になるんだ」

「わうっ！」

「あれ、木の棒もういいのか……」

「わふ？」

いつの間にか捨ててしまっている。飽きるのが早いよと苦笑しながら、僕はリードを握る手に力を込めた。

そこから伝わってくるショコラの息遣いを、愛おしいと思いながら。

4

散歩を終えたら陽は更に下がり、四時をゆうに回ったくらいになった。

いや、時計がないのでたぶんなんだけど。

アナログの腕時計を着ける習慣でもあればよかったのになと思う。時刻知りたいならスマホでいいでしょ派だった。

スマホの電源は切ってあるし、カレンも時計を持ってきてはいないようだ。というより、携帯式の時計というのがまだないらしい。

ちなみに時の刻み方は聞いた限りあちらとほぼ同じ。ただ、太陽はあるけど月は輪っか付きの変な形だし……天体の運行ってどんな感じなんだろうな。

　ところでなぜ時刻のことを考えているかというと、皿を洗い始めた頃に気付いてしまったからだ。


「失敗したあ……」


　完全に忘れていた。

　この家には灯《あか》りがなく、太陽が沈めば真っ暗になるということを。

　トゥリヘンドを調理する際、うっかり向こうにいる時のつもりでメニューを組み立ててしまった。つまり少し遅めに昼食を摂ったし晩ご飯は夜でいいな、と。

　昼食を済ませたばかりでお腹はいっぱい。再び空腹になるのは最低でもあと四時間くらいかかる。だけどもはや太陽は低く、そろそろ陽が沈み始めるだろう。四時間後には間違いなく真っ暗で、そんな状態で食事なんてできない。

　アウトドアコンロも火を入れっぱなしだ。蒸《む》し鶏《どり》はもうすぐできるが、そこからコンロを片付けて――とかをやっていると間違いなく日が暮れる。


「明日にまわすか？　でもなあ」

　コンロの片付けを明日やると、畑仕事に差し支えるかもしれない。というか今日のこの調子を鑑みるに、一食するだけでかなりの時間を取られることになるぞ……缶詰とレトルトのおかゆで済ませていた時には気付かなかった。

現状、気候はほんの少し肌寒いくらい。煮物の残りと蒸しトゥリヘンドも腐りはしないだろう。明日の朝に回せばいいかもしれないが、それにしたって温めなおす必要があるし、温めなおすならまた火を使わなきゃならないし。

とにかく時間が足りない。日が昇ってから沈むまでしか一日を使えない生活は、最低限のことにしか手が回らない。

――いやこれほんと、参った。

「考え始めるとあれこれ問題が浮かんでくる……」

たとえば洗濯。

僕は元々、ここに一泊することもあるかと思って替えの下着と服を持ち込んでいた。だがそれだって一泊分だし、なによりカレンは着替えをそもそも持っていない。

彼女は、僕がこっちに来たことを知ってすぐスピード優先で駆け付けてくれている。黙しているが、森に滞在していたからにはそれなりの装備と物資を持ち込んでいたはずだ。なのにほぼ手ぶらということは、きっとすべてその場に放棄してきたのだろう。

僕に会うために――僕が危険な目に遭っていないか心配で。

洗濯したいし、してやりたい。でもきっと、手もみでじゃぶじゃぶやるのはめちゃくちゃ時間がかかるし、少なくともふたりのうちひとりはかかりきりになる。

そして時間も人手も、とてもじゃないが今は足りない。

着替えというならお風呂だってそうだ。

カレンはまだ、濡《ぬ》れタオルで身体を拭くくらいしかできていない。もちろん僕もだけど、女の子なんだから僕なんかよりも遥かにつらいはず。

せっかくこの家にはお風呂があるのに。シャンプーやリンス、ボディソープなんかも複数本の備蓄があった。ボイラーに電気さえ入ればお湯が沸かせるのに。

灯りも、洗濯も、お湯も――すべては電気、電気、電気。

実感した。地球の文明はあらゆるすべてが電気を起点にしている。電気は人の一日を延ばし、あらゆる仕事にかかる時間を縮め、人を作業から解放し余暇を生む。

ここに来てからずっと、まあ仕方ないかで諦めていたけど。

今は切実に思う。電気が欲しい――と。

それは、願った瞬間に、繋がった。

ずくん。

身体の中を、なにかが駆け抜けていった。

電流のような、水のような、風のような――熱のような。

既視感がある。

この家に初めて訪れて、玄関に鍵を差し込んだ時に起きたあれと同じ。

違うのは、解像度。

あの時は発生点がわからなかった。どこでこの奔流が発生してどこへと流れていったのかが、茫漠《ぼうばく》としていて定かでなかった。

今はわかる。

発生点は——僕だ。

そしてこのなにかがなんなのかも、理解できた。

あの時、ギリくまさんとの戦いを経て自覚した、己の中にあるもの。

つまり、僕の魔力。

それは僕から発生し、僕の中で増幅し。

体外へと広がって、家とその周辺を震わせた。

「ああ……」

結界の話をした時の、カレンの反応を思い出す。

家にも不思議な力が備わっているのでは、と僕は推測した。

それに対して彼女は「今はその認識でいい」と曖昧に濁した。

——大まかには違ってる訳じゃない。だけど、正確には違う。そんな感じ。

そうだ、大まかには間違っていない。

家に不思議な力が備わっている、というのは正しい。

だが正確には違う。

何故なら、

「家に不思議な力を備えたのは、僕だったんだ」

家の周囲を守るよう、無意識に結界を張っていた。

それは闇属性の■■魔術による全自動防御。「対象に被害が及ぶ」という■■を■■して発動するもの。

水道から水が出てきたし、井戸も使えた。使った水も排水口から流れていく。

これも闇属性の■■魔術による■■混線。「この家は■■■の■■に■■」と環境を誤■させ、■■を飛び越して■果を繋ぐ。

まだすべては把握できない。

これは記憶が欠落しているからではなく、自分自身の能力の話だからだろう。自分の力とその所以《ゆえん》を完全に掌握できていないのがノイズの理由だ。

ただ理屈はともかくとして、思い出したことはある。

思い出したことで繋がった。理論はともかく、できるようになるはずだ。

だってこれは、父さんがこっちで使っていた魔術と同じものだから。

「そっか。子供の頃……僕はこの家で暮らしていたんだ」

父さんと、■さんと、カレンと、ショコラと。

水も、電気も、お湯も、すべて問題なく使えていた。

それはあっちの世界だったからじゃない。

こっちの世界で、父さんが魔術を用いて、そうしていたからだ――。

蛇口を引けば水は出る。当たり前のこと。

ならば、スイッチを入れれば電気がつくのも、当たり前のことだ。

電気はどうしてつかないの、とカレンは言った。

彼女は知っていたのだ。僕にそれができると。

父さんの息子である僕に、同じ力があると。


ぱちん。


居間の灯りが点灯する。

まだ昼間だし、縁側へ続く掃き出し窓を開けているからたいした違いはない。だけどこれは僕らが手に入れた、大きな大きな魔法だ。

「っ……スイ！　これ！」

庭でショコラと戯れていたカレンが、気付いて駆け込んでくる。

縁側から身を入れ、四つん這いになりながら僕を見上げた。

僕は洗っていた皿を流しに置き、振り返ってガッツポーズを取る。

「洗濯！　お風呂！　晩ご飯っ!!」

まずは明るいうちに薪を集めて、ボイラーを稼働させるぞ！

5

そして僕は喜びの舞を踊った。

「ひゃっほーーーー！　でんきでんきでんき!!」

居間で飛び跳ね、カレンの手を取り輪になってぐるぐる回った。ショコラを抱き締めて持ち上げてぐるぐる回った。とにかくぐるぐる回った。目も回った。

「落ち着いて」

「あ、はい」

カレンに嗜《たしな》められて人心地ついた後、真っ先に頭に浮かんだのはやはりお風呂である。

なにせ二日も入っていない。現代日本で生きてきた身にとってこれはたいへん由々しきことだ。少し肌寒いくらいの気温とはいえ、けっこう身体を動かしたから汚れているだろう。

カレンいわく、こちらの世界にも入浴の文化はあるようで、ただやはりそれなりの設備となるそうだ。なので風呂のない民家も多く、毎日入るものでもないとのこと。炎の魔術はあってもそれだけで湯を沸かせるほどではないし、大量の薪も要るしで、コストも嵩張《かさば》るようだ。

　そう――薪である。

　僕らにも薪が要る。

　家の裏庭とかに積まれていればよかったんだが、残念なことに備蓄はなかった（薪置き場自体はあった）。樹木はそこらへんに文字通り山ほど生えているものの、生木が使えるはずもない。乾燥した落枝を拾い集めるにも、昼食に使ったものの三倍くらいは必要だろう。

　ただ幸いにして、陽が沈むまで間がある。その上、カレンが生木の枝くらいなら乾燥できると言うのである。

「ん。私の属性は風と水。木の水分を吸い上げることは可能」

「やったぜカレンさま最高！」

「えっへん」

　――そういう訳で、枝を集めることになった。

　背の低いものを見繕い、僕がジャンプしてえいっと剣で断ち切る。

　ショコラも手伝ってくれた。一昨日《おととい》のドラゴン……正確にはワイバーンか、あいつの首をちょんぱした時みたいに、しゅぱっと。幹を垂直に駆け上っていく様はめちゃくちゃかっこよかった。うちの愛犬、かわいいしかしこいしかっこいいとか凄くない？

あとは葉を落として、カレンに乾燥をお願いする。葉っぱもついでに水分を抜いてもらう。火種にできるのだ。

その間に僕は、ボイラーの確認だ。

ボイラーは下部が飛び出た立方体で、ゲームセンターの筐体《きょうたい》に似ていた。立ってプレイするタイプのやつだ。筐体でいうところの操作盤にあたる部分が傾斜していて、そこに薪を入れるためのドアパネルがある。

てっぺんからは煙突が延び、背面にはパイプ。管が延びる先を辿ると裏側に部屋があり、そこにはでっかい給湯タンクが鎮座していた。

つまりこのボイラーで水を熱してタンクに溜《た》めるのか。なんとなく仕組みはわかったがこれどうやって使えばいいんだ。……と不安になったところで、給湯室の壁にラミネート加工された紙の束が吊《つ》り下《さ》がっていた。

それはネットからダウンロードしたボイラーの説明書と、周辺機具の使い方を組み合わせたもの。父さんが用意してくれていたのだろう。

「……ほんと、ありがとう」

ちょっと泣きそうになりながら、書かれた手順に従って準備をする。

まずは給湯タンクに水を溜める作業。バルブをひねって水を入れる。溜まったらボイラーに薪を入れて火をつけ、スイッチオンでいけるらしい。

水が溜まるにはそれなりの時間がかかりそうだったので、カレンたちの様子を見に行った。

「どんな感じ？」

「ん、ちょっと苦労したけどだいじょぶ」

庭には乾燥した枝が束になって積まれている。これならお風呂を沸かすくらいの薪にはなりそうだけど、

「難しかったの？」

「『虚《うろ》の森』は魔力が濃い。植物もその影響を受けて育つので、森の外に生えているものより頑丈で生命力も強い」

「そうなんだ」

食事の準備をしている時にカレンから教えてもらったのだが、僕らが転移してきたこの場所は『虚の森』というそうだ。なんでも国内どころか世界有数の危険地帯で、深奥部《このあたり》に至っては人がほとんど立ち入ったことのない魔境とのこと。いやほんと、僕らそんなところに放り出されてよく普通に寝起きできてたな！

初日にショコラが倒したワイバーンなどは、人里に現れれば大騒動で、冒険者パーティーとか騎士団とかが死者を覚悟して討伐しなければならないという。だがこの森においてはただの被食者。ギリくまみたいなイかれた奴ら——『変異種』の餌でしかないそうだ。

ギリくまさん、確かにどう見てもやばかったもんな……。

とはいえカレンいわく、変異種はあまり縄張りから出てこないので、気を付けていれば問題ないとのこと。それに、たとえ変異種であっても自分たちなら倒せると。ただ正直、そういう力関係を聞かされてもいまいちぴんとこない。ワイバーンが森の外ではめちゃくちゃやばい魔物として、変異種であったというギリくまさんはどの程度のものなのか。カレンが強いのはわかるとして、僕やショコラはどうなのか。

僕の魔術はギリくまの攻撃をすべて防げたし、ショコラもワイバーンはおろかギリくまをも一撃で倒してしまったけど、じゃあ僕らが森の外、冒険者とかいう人たちや騎士団なんかより強いのかといえば、さすがにそんな気は全然しないのである。

ともあれ、だ。

「ありがとうカレン。じゃあ、お湯を沸かそう！」

乾いた枝の束をボイラーの燃焼室へ入れ、枯れた葉っぱを着火剤にして火をつける。燃え始めたのを見てスイッチオン。これで水温管理や送風などを自動でやってくれるはず。今回はすぐ使うので五十度くらいにしておいた。

「できれば明日以降、薪を集めたくはあるな……」

枝はともかく幹はロングソードじゃ難しいかもしれない。斧《おの》があればいいんだけど。もっと隅々まで家探ししてみる必要があるかもな。

「まあそれはそれとして、次は洗濯だ」

「ん、私はこの服しか持ってない。スイが裸のままでいろって言うならそうするけど」

「言わないからね？　僕が持ってきた服があるから」

リュックの中に手付かずの着替えが一式、入っている。それを上手く使い回して、ふたりの服を洗濯すればいい。なにせ乾燥機付きだ。ひとりにつき一、二時間くらいでいけるだろう。

「それにしても、電気が使えるのっていいなあ」

空は赤く、もうすぐ陽は沈む。だけど居間は電灯で照らされている。その灯りがなんとも嬉しく、心強い。

電灯がない中での寝起きは、なんだか「家を使っている」みたいな感覚だった。それが今では「家に住んでいる」という実感に変わった。

「キッチンのコンロもＩＨだし、言うことなしだね」

水道や電気と違い、ガスは最初からそのものを通していなかったようだ。代わりにキッチンはオール電化となっている。電気が通ったことでコンロが使えるようになったのはめちゃくちゃでかい。

「薪ストーブでの料理も楽しかったし、時々はやりたいな」

倉庫にはバーベキュー用の金網もあった。天板を大きく外して上に置けるはず。

「お風呂、カレンが先に入って。シャンプーとかリンスがあるんだけど、使い方は……」

「ん、わかる。どれがどれかだけ教えてくれたらだいじょぶ。それとも一緒に……」

「入らないからね？」

「むー。昔は一緒に入ってたのに」

「なんかそれは本当に入ってたような気がするな……」

　仮にそうだとしても、小学校に入学するより前だからノーカンだ。

「そういえばお風呂場にちゃんと犬用シャンプーもあったんだよね。ショコラも身体洗おうか」

「ぎゃん！　わうっ!!」

「嫌かあ……まあ、もう少し汚れてからでいいかお前は」

「きゅーん」

　お風呂と聞くやカレンの背後に隠れて逃げようとするショコラ。仕方ない、今日のところは許してやろう。

「お風呂入って、洗濯して、洗濯が終わったら晩ご飯。日が暮れてからもいろいろできるの、ほんと最高だな！」

　明日からやることも増えたけど、それが逆に楽しみだ。


　僕は伸びをしながらソファへと身体を沈める。ショコラが反応し、じゃれついてきた。

「……お前やっぱりけっこう汚れてるな。お風呂入れるからね」

「きゃうん!?」

6

お風呂、洗濯、そして晩ご飯。

灯りの下で過ごす夜はとても楽しくて、充実していた。

身体を洗われたショコラはちょっとしょんぼりしてしまい、当て付けみたいに僕から離れてカレンにくっついていた。そういえば子供の頃は、逆にカレンがショコラを構い倒して嫌がられ、僕の方に逃げてきていたなと思い出した。

そう——思い出す、だ。

電気が使えるようになった時、僕の心の奥底から、かなりの欠片が浮上した。その欠片たちはまるでパズルみたいに組み合わさり、ひとつの大きなものとなって、僕の心にすとんと、最初からそこにあったかのように収まった。

具体的には幼い頃、この家。

父さんと■さんと、僕とカレンと、四人で暮らしていた頃の記憶だ。

たとえばL字型のソファー。

子供の時の並びは短い方に父さんと、長い方に僕と■さん、それとカレン。

たとえば縁側のカーテン。

よく巻きついて遊んだ。かくれんぼの時にも使った。カレンの足が出ていた。まるわかりだよと笑った。

もう暗くなってしまったが、庭での光景も思い出せる。

庭を駆け回る、まだ子犬のショコラ。

ショコラを追いかけたり追いかけられたりする、僕とカレン。

そして僕らを見守ってくれる、まだ若かった父さんと――■さん。

他にもいろんなところに思い出がある。

家の中のそこかしこに、過去の面影がある。

父さんの使っていた魔術すべての再現はできていなくて、まだこの家は完全でないという感覚があるけれど、この世界に慣れていけばそのうち繋がるだろう。

だから少なくとも、かつて家族で暮らしたこの家の今後は――危険地帯に転移してしまったことも含めて、心配はしていない。

ただ――。

ひとつだけ。まだ浮かんできていない欠片が、ひとつだけ。

母さんの記憶だけがまだぽっかりと、虫食いのように空いていた。

†

さて、ともあれ翌る日の朝である。

灯りがあるのが嬉しくて軽く夜更かししてしまったが、逆に驚くほどさっぱりと目覚めることができた。やはり電気のない状態で過ごしたふた晩は、眠りつつもどこか緊張していたのかもしれない。

顔を洗って、歯を磨いて（歯ブラシの束が洗面所の棚にあった）、しゃっきりと気合を入れたら一日の始まり。

庭に出たカレンが、僕に振り返って言う。

「冷蔵庫が使えるようになったから、今日は少し多めに獲物をとることにする」

「わうっ！」

ショコラも元気いっぱいだ。やる気に満《み》ち溢《あふ》れている。

それにしても金髪のエルフが『冷蔵庫』なんて単語を口にするとすごいちぐはぐだ。カレンは幼少時代をこの家で過ごしたから、現代日本の文明をよく知っているのだった。

「スイはどうするの？」

「できれば薪を作りたいんだよね」

僕の魔術が稼働するようになっても、やはりまだ足りないものは幾つもある。そのうちのひとつで喫緊とも言えるのが、お湯を沸かすための薪だ。

「さすがに毎日、枝を切ってカレンに乾燥してもらうのはだめだと思う。だから生木から自然乾燥させて薪にしたいんだ。でも、枝を切りまくるのもあんまりよくない気がするんだよね」

枝をすべて失った樹木はどうなってしまうのか。

無駄に枯らしてしまうのは本意ではなかった。

思案する僕へカレンはこともなげに、

「それなら、その辺の木を一本だけ斬ればいい」

「幹を？　伐採ってこと？」

「ん。木を一本全部使えば、たくさんの薪が取れる」

「いや、それができればベストなんだろうけど……知識も技術も道具もないし。倉庫に斧とかあるのかな？」

「斧があるかどうかはわからないけど、斧は必要ない」

「どういうこと？」

問い返すと、指先を僕の背後へ向ける。

「その剣を使えばだいじょぶ」

「……え？」

さすがにきょとんとした。

剣？　僕が背負ってる、このロングソード？

昨日、適当な感じの縄を倉庫で見付けたので、鞘に結え付けて斜め掛けにしたのだ。両手が空いてなかなか具合がよかった――まあそれはともかく。

「確かに枝は断ち切れるけど、木の幹はさすがに無理なんじゃないかなあ」

「ふふん、今のスイならできる」

「いやそんな自信満々に言われても……」

「剣、この家にあった？　スイは存在を知らなかった？」

「うん。倉庫で見付けた。まさか鍬とかシャベルにこんなものが交じってるなんてびっくりしたよ」

「なるほど……もしかしてあっちでは、剣を持つのは違法？」

「そうだね、所持には許可がいるし、保管方法も指定されてる。だから家……ああ、僕と父さんが住んでた家ね。そっちには持ち帰ったりしなかったんだと思うけど」

ひと通り質問を終えたカレンは納得したように頷くと、僕へと歩み寄り、僕の肩越しに剣の柄を撫でる。

そして、微笑みながら言った。

「その剣。おじさま……カズテルが、こっちでずっと使ってたもの」

「父さん……が？」

「ん。ヴィオレさまと一緒に冒険して、素材を集めて、高名な鍛治師《かじ》に打ってもらった、はず。造ったところを実際に見た訳じゃないけど……おじさまが使ってたのは、ぼんやり覚えてる」

「僕には記憶がない」

「それはきっと自己封印のせいじゃない。私はスイより少しだけお姉ちゃん。だから、覚えてただけ。それにふたりがいなくなったあとも、ヴィオレさまから思い出話を聞いてた」

「……そっか」

縄ごと鞘をぐるりと回して剣を抜く。

よくよく見れば、鞘の装飾は高級そうだし、幅広の刀身も吸い込まれるような輝きを持っている気がする。

「それは魔剣」

「まけん……魔剣？」

「ん。魔術を纏わせることを前提として打たれたもの。刀身にも使い手と同じ属性が付与されてる。……おじさまとスイは同じ闇属性。だからスイにも使える」

「確かにギリく……いや、変異種と戦った時に黒い靄みたいなものが剣を覆ったけど」

「今ならもっといろいろやれると思う。使い方も振ればわかるはず。きっと、おじさまが……お父さんが教えてくれる」

父さんの――ああ、これは、だったら。

形見に、なるのか。

僕は剣を抜いたまま、門の外へと歩いていく。

カレンとショコラも無言でついてくる。

家からほんの少し離れ、適当な樹木の前に立つ。

立って――剣を構えた。

構えは不恰好。腰も入っていない。

けれど自然体。四肢の力を抜く。

それでいて、身体を流れる魔力を、剣の内部へ練り込むように。


――翠は僕なんかより、上手くやれるよ。


声が、聞こえた気がした。

上段に振り上げ、斜めに斬り下ろす。

刀身の内部へと伝導した闇属性の魔力は、柄の魔導回路により指向性を与えられる。

それは簡略化された術式であり、闇属性の魔力を単一の特性へと収束させ、刀身に現象として作用する。

魔剣の情報が『記録された過去』として、僕へと流れ込んできた。

その属性は闇。

簡略術式の特性は『破滅』。

銘は『リディル』。

そしてその由来は――。

すん、と。

ほとんど音もなく、刃の通った部分が『破滅』する。

樹の幹はバターより滑らかに両断され、数秒後、ばさばさと枝葉を揺らしながら倒れていく。

「ありがとう。受け継いだよ、父さん。でもさ」

僕は術式を解除し、剣を鞘に納めると。

剣をまじまじと眺め、溜息を吐いた。

「……ネトゲで手に入れ損なった武器の名前を付けるのは、どうかと思う」

7

さて、薪作りである。
が――、

「僕、軽く人間やめてる気がする……」

自分の背丈の何倍も高い樹をたったひとりで引きずって帰り、更には野菜の下処理みたいにその樹を輪切りにする僕がそこにいた。

しかも、向こうの世界の重機と同じくらいのスピードで。

正直自分でもどうかと思う。だけど重くは感じるが普通に運べるし、疲れないし、剣はドン引きするほどよく斬れるし、もう仕方ないじゃないか。

輪切りにし終えたら、それを今度は縦にして四等分。あとは太さを見つつ、ボイラーの燃焼室に詰められるくらいの大きさにしていく。

枝も捨てない。アウトドアコンロ用に使える。葉っぱもバケツに入れる。焚《た》き付《つ》けの他に、腐葉土とか作れるかもしれない。

できあがった薪は庭の脇、日当たりのよさそうなところへ積んでおく。裏庭の薪置き場は乾燥が遅い気がしたので。雨が降らないといいな。空は雲ひとつなくて、しばらくは大丈夫な気がするけど。

作業に夢中になっていると、狩りへ行っていたカレンとショコラが帰ってくる。

今日の獲物は鳥だった。トゥリヘンドじゃなくて鳥。ただし、でかい。身体だけで人間と同じくらいの大きさをしている。しかもそれを僕よりも背の低い女の子が担いで帰ってきたのでちょっとびっくりした。

カレンはカレンで「もう終わったの」とびっくりしていたけど。

解体がかなり大変だった。吊り下げる必要があったので、家の外――生えている木の枝を利用したり、見たことない量の血がどばどば出てきたり、水のために何度も井戸を往復したり。

ただそのお陰で、今後の課題が見えてきた。獲物を捌くためにハンガーや解体台が欲しいとか、そもそもちゃんとした刃物がひと揃えあった方が便利とか。日曜大工（曜日感覚はもはやない）でどうにかなるだろうか。釘《くぎ》がないんだよなあ。

などと思案しつつ、あっという間に一日は終わっていく。

薪を作って、獲物を捌いて、それを料理して食べて――でかい鳥はかなり美味しかった。ただトゥリヘンドよりも鳥っぽくなく、牛にちょっと近かったのが解《げ》せない――とまあ、なかなか充実していた。

「作業台を作りたいな。でも釘とか倉庫になかったし……なんかこう、組み木？　とかでいけないもんかな」

「無理なら、脚がなくても平気。あまり大きいのは無理だけど」

「じゃあひとまずはそれでいこう。庭の外に設置した方がいいかもね。血で汚れるし」

「塀の外の樹を切って広場を作る？」

「結界は大丈夫かな」

「スイがそこを家の一部だと思えれば大丈夫。思うことが大事」

ソファーに座ってくつろぎながらそんな話をする。生活は始まったばかりだけど、その日しのぎ感が強かった初日や二日めに比べると雲泥の差だ。

――そうしているうちに。

とっぷりと日は暮れ、あとは寝るだけとなって。

「ショコラも毎日、狩りをありがとうな」

「わう」

僕は夜の静けさの中、ソファーの隣に丸くなっている愛犬を撫でる。

「いっぱい働かせてごめんな。おじいちゃんなのにな」

それは、何気なく発したものだった。

もう本当はよぼよぼの老犬なはずなのに、頑張ってくれているショコラをねぎらうつもりの科白《せりふ》だった。

「なに言ってるの？」

だからカレンの、きょとんとした声が返ってきて、僕はぽかんとする。

「なに、って。ショコラのことだよ。僕らが子供の頃から一緒だから、もうおじいちゃんだ」

もしかして犬の寿命を知らないのかな、と思った僕だけど。

続いたカレンの言葉に、むしろ僕が仰天することになった。

「もしかしてスイ、ショコラのことを犬だと思ってる？」

「はい？」

「ショコラはクー・シー。犬……ではあるけど、普通の犬じゃない」

「……はい？？」

ショコラを撫でる手が止まる。顔を下げて視線を遣る。

「わう？」

なんで撫でるのやめたの、と首を傾けてこっちを見るショコラ。

「くーしー、ってなに？　そういえば昨日、そんなことを言ってたような」

「妖精犬《クー・シー》は、犬じゃない。厳密には犬の魔物」

「魔物？　いや、こいつはシベリアンハスキーとなんかの雑種で……」

「それはおじさまから聞いたの？」

「うん。父さんが……いや、もしかしてそれ、嘘？」

カレンはこくりと頷いた。

「ん。きっと向こうの常識に合わせただけ」

「なんてこった……お前、雑種じゃなかったのか」

「わう」

衝撃だった。

ワイバーンが現れた時よりもギリくまさんの姿を見た時よりも、なんならカレンにキスされた時よりも。ごめんカレン本当にごめん。

そんな僕の申し訳なさに気付かず、カレンは解説を続けてくれる。

「クー・シーはとても珍しい魔物。『神威《しんい》の煮凝《にこご》り』のひとつ……ヘルヘイム渓谷に棲息《せいそく》する。すごく強くて、変異種も仕留めることがある。獣人領では守り神として崇《あが》められるほど」

「まじかよ思っていた以上にすごい」

こんなもふもふしているのに。

今は腹を向けてあられもない姿でだらけているのに。

「おじさまとヴィオレさまが旅していた頃に拾ってきたって聞いた。私よりもスイよりも、少しお兄さん」

「それで、その。クー・シーなんだけど……こいつ、おじいちゃんじゃないの？」

寿命、という単語を怖くて使えない僕を安心させるように。

カレンは、微笑んで答えた。

「違う。クー・シーは最低でも百年くらいは生きる。だから人間に換算しても、私たちと同じくらい。まだまだこれから」

なんだあ、よかった、と。

僕はショコラのことを無駄に気遣っていたね。そんな空気になって、話はお開きになった。

夜も更けてきて、カレンとおやすみの挨拶をして、僕は二階の寝室へ行く。

ちなみにカレンには客間を使ってもらっている。あまりよく調べていなかったのだが、押し入れに布団が三組ばかりあって、むしろ布団が懐かしいからとカレンは客間を使いたがった。というか、寝室のベッドに使う替えのシーツとかもちゃんとそっちにあった。そもそも寝入ったカレンを二階まで運ばなくてもよかったというオチである。

「初日にちゃんと調べとけば、ソファーで寝ることもなかったよね、っと」

ひとりごちながらベッドへ横になる。

電気を消して、深く息を吸い、吐いて、しばし思考を放棄してただぼんやりとして――。

「わう！」

廊下から鳴き声が聞こえてきた。

直後、ガシャ、とドアノブが下がる音。ショコラが扉を開けて中に入ってくる。

「お前、ついにドアの開け方を覚えちゃったな……」

かしこい。向こうではそんなことしなかったのに。身体能力が上がったおかげだろうか？

「どうした？」

迎え入れてドアを閉めると、ショコラはベッドに飛び乗ってくる。

「なんだ、一緒に寝たいのか？」

「くーん」

仕方ないなあ、と、横に腰掛けた。

ショコラの背中を撫でながら、語りかける。

「お前、雑種じゃなかったんだなあ」

「あおんっ」

ただ似てるだけで、シベリアンハスキーの血も入っていなかった。この十三年間、ベースの犬種すら勘違いしていたって訳だ。

「なんだよ。妖精犬《クー・シー》って。……ショコラなんて可愛い名前つけたの、間違いだったか？」

「ばうっ！」

「そっか、そうだよな。ショコラはいい名前だ」

「わう！」

たぶん父さんがつけたんだろう。

ショコラ。ショコラ――。

名前を心の内で反芻《はんすう》しながら、撫でる。

「ごめんな、まだまだ若いのに、おじいちゃん扱いなんてして」

「わう？」

「お前は元気だったからよかったけど、いつぼけちゃわないかひやひやしてたんだぞ。そろそろおしめとか買わなきゃいけないのかって思ってたんだ」

「わうわう！」

「そうだな、失礼な話だ。ごめんな」

背中を、頭を、毛並みにそって何度も。

何度も、何度も。

「……百年くらいは生きる、か」

それも、体内の魔力量によって更に何十年かは延びたりするそうだ。

ショコラだけではなくカレンや、僕も。

少なくとも、

「僕を残して、いなくなったりしないんだな」

——覚悟しようと、ずっと努力してきた。

どんなに頑張ってくれてもショコラの寿命は僕よりも先に尽きるから、って。仕方ないことなんだ、って。受け入れなくちゃいけない、って。

だけど。

子供の頃からずっと隣にいて。

つらい時も悲しい時も寄り添ってくれて。

僕と父さんが向こう《日本》に飛んでしまった時も、ショコラは一緒だった。世界をまたいでついてきてくれた。こっち《異世界》からあっち《日本》に転移した時のことはまだ思い出せなくて、きっとショコラだけがあっちに行けたのはたまたまではあったんだろうけど、それでも。

すぐに僕の機微を読み取ってくれる。身内以外には絶対になつかない。聞き分けがよくて、でもお風呂は嫌い。散歩が大好きで一時間も二時間も平気。なんにでも興味を示してすぐにおいを嗅ごうとする。耳の裏を撫でるとちょっと抵抗して、首の下を撫でると力が抜ける。

なんでも知っている。家族だから。

僕の家族だから。


――覚悟なんて、受け入れるなんて。

できるわけがないだろう。


「これからもずっと、ずっと一緒にいられるんだな。ショコラ」

「くーん」

俯いて、抱き締めた。

顔を埋め、声にならない声で、もう我慢ができなくて。

「う……うう、っ。よかった。よがっだああ」

僕は子供みたいに泣きじゃくりながら、ショコラの背中を濡らす。

「ありがとう……ありがとうな。大好きだよ。死ぬまで一緒だ」

†

「わう！」

――うん。ずっといっしょにいるよ。

ぼくは、スイのおにいちゃんだもの。

第五章 ★ おかえり、母さん

インタールード　シデラ村　冒険者ギルド

応接室は再びの緊張に包まれていた。

王立魔導院の特別先遣隊が到着してから、二日後のことである。


王都からやってくる予定の『支援隊』——物資と人員を受け入れる準備は、ひっそりと進んでいる。倉庫の確保が初日に済んでしまったため、これからやることはさほど多くない。だがどんなに秘密裏にしていても、やはりある種の高揚が街の中に広まっていく。

つまり、金儲《かねもう》けの気配がする、と。

物資が運び込まれるということは、足りなくなれば再補充がかかるということだ。人が来るということは、来た人間の数だけ各種産業に需要が生まれるということだ。それらが生む利益のおこぼれにあずかるには、今のうちから目敏《めざと》くしておく必要がある。

ともあれ街にそんな空気が満ちる中。ギルド支部長クリシェ＝ベリングリィは――長机《テーブル》を挟んで相対するその女性に、心胆を震わせていた。

彼女がなにかしたという訳ではない。こちらも失礼を働いてはいない。むしろ立場でいうなら向こうが頭を下げてこちらにお願いする側であり、事実その通り、相手は姿勢よく腰掛け、穏やかに微笑んでいる。

なのに。

まるで背骨に氷柱を、心臓に熱鉄を突き込まれているかのような重圧感。

確信する。この女がほんの気まぐれを起こすだけで、自分の命、それどころかこの街《シデラ》そのものが容易《たやす》く吹き飛んでしまうだろうと。

それでもクリシェがなんとか平静を保っていられるのは、隣に座りともに彼女と向かい合う、相方の存在があったからだ。

外見は深窓の令嬢然とした風情、しかし中身は七十を超えた老婆。『魔女』の称号を持ち、国内においても有数の実力を持つ女性――特別先遣隊隊長、セーラリンデ＝ミュカレである。

「それで局長。予定と進路を変更なさってシデラに立ち寄った事由は？」

「伯母さま、職務上の立場は今はなしで構いません」

セーラリンデの問いに、彼女は気安く応えた。

ヴィオレ＝エラ＝ミュカレ＝ハタノ。

音に聞こえた『天鈴《てんれい》の魔女』にして、王立魔導院は境界融蝕現象研究局の局長。いまシデラを包む喧騒と高揚すべての原因となった存在だ。

そんなヴィオレに、セーラリンデは小さく溜息を吐く。

「わかりました。ではヴィオレ。いったいどうしたのです？　王都からこちらに来るのは随分と回り道ではなくて？　しかも連絡も寄越さずいきなりなんて。あなたの影響力も考えてください。こちらの坊やなんて、まるで竜の前に放り出された子鹿みたいになってしまっているでしょう？」

クリシェは思った。おい頼むから俺に話を振らないでくれ。俺は最初から最後まで『立場上は一応ここにいるけどそれだけの置物』でいたいんだ！　……と。

「事情が少し変わったのよ、伯母さま」

幸いなことに、ヴィオレはクリシェの存在を無視してくれた。

世間話に興じるつもりはないようで、淡々と説明を始める。

「カレンが先に辿り着いてくれたの。向こうのことを教えてもらったわ。とにかく一刻も早く、という状況じゃなくなった。……もちろん心境とは別だけど」

「カレンはなんと？」

「『ひとまず命の危険はなし。ただ若干の物資不足』……私が真っ直ぐ駆け付けても、物資不足がより大きくなるだけよ。だからこっちに寄って、補給を持っていくことにしたって訳」

口調は親密、態度は柔和、表情も微笑。

どこから見ても、ごくごく普通の優しげな女性だ。とてつもない美貌と魅力的な身体付きは、下賤《げせん》な男どもが見れば鼻の下を伸ばすだろう。

だが、クリシェは生きた心地がしない。

何故か鳥肌が、寒気が止まらない。

魔導の苦手な自分にも伝わってくるのだ。

彼女の体内を駆け巡る、異様に張り詰めた魔力が。

「……ヴィオレ」

当然、同じ『魔女』の称号を持つ隣の女性がそれに気付かぬはずがない。

ましてや伯母と姪《めい》の関係である。

そのセーラリンデは、諫《いさ》めるでも咎《とが》めるでもなく、案じるようにヴィオレへ問いかけた。

「私になにか、手伝えることはありますか？」

「ありがとう、伯母さま。……差し当たって必要な物資を揃えて欲しいの」

テーブル越しに紙が差し出される。

受け取り、一読するセーラリンデ。

「これならシデラの商会ですぐ用意できるでしょう。ただそれなりの大荷物になりますが……

運搬は？　車は今すぐの手配ができません。荷台があっても、引く獣がいない。当初に予定していた甲亜竜《タラスク》はまだ時間がかかります」

「車は要らない、私が持っていくわ。背嚢《リュック》に入るはずよ」

「普通なら荷運《ポーター》びを雇うような量ですよ。これを担いで、変異種の跋扈する『虚《うろ》の森』の深奥部へ、あなたひとりで……ですか」

「問題ないわ」

　寸毫の迷いも見せず断言し、

「変異種などものの数ではない。荷物の大きさも関係ない。懸念は、ほんの少し速度《スピード》が落ちてしまうことくらいよ。……荷物を背負っていては、物理的に全力で走ることができないから。ただそれも、夜を徹すればいいだけ」

　続いて、

「それに……」

　張り詰めた魔力が緩んだ訳ではない。

　鳥肌も寒気も、おさまってはいない。

　だがクリシェは――続けて彼女の見せた表情に、緊張と恐怖を忘れた。

　ヴィオレは笑った。

　優しく、柔らかく、それでいて慈しみに満ちた表情と声音で。

「息子が困っているのよ。だったらできる限りのことをしてやるのが、母親のつとめでしょう？」

†

『天鈴の魔女』――ヴィオレ＝エラ＝ミュカレ＝ハタノが応接室を辞した後。

その魔力が感知外へと去っていったのを肌身に受け、クリシェはようやく全身の力を抜き、長椅子《ソファー》へとだらしなく弛緩《しかん》した。

「なんですか、しゃんとしなさい」

隣に座っていたセーラリンデはそんなクリシェを窘《たしな》めつつ、それでも肩の荷が下りたように、ふう、と深い息を吐く。

魔女、それも伯母ですらこれなのだ。いわんや自分のごとき凡夫をや。

ヴィオレの案内を任せた受付嬢は大丈夫だろうか。にこにこしていたので案外、平気なのかもしれない。彼女に魔導の素養はない。あの魔力を感じ取ることができないのなら、ヴィオレはただの優しそうな美女である。

「……少し、心配です」

「いらんだろう？　俺にもわかった……ものが違う。変異種なんざ相手にもならん。『神威《しんい》の煮凝《にこご》り』も、あれにとっちゃ前菜の汁物《スープ》だ」

「そうではありませんよ」

セーラリンデは首を振る。

「あの子は『息子が困っている』と言いました」

「それがどうかしたのか？　あれの家族が融蝕現象でこっちに来たってのは知ってるが……」

「『夫と息子が』とは言わなかったのですよ」

クリシェの目に映る彼女の横顔は、どこか悲しげだった。

「それに、夫――カズテルが一緒であれば、息子が困るはずがない。おそらく王都から進路を変えてここへ寄ったのも、一度気持ちを切り替えるためなのかもしれません」

「おい、それってまさか……」

「もちろん私たちに、ことの仔細《しさい》は分かりません。現場にいるカレンにしか知る術はなく、通信水晶《クリスタル》でやりとりできる情報も限られている。ですが……」

その先を濁すように、セーラリンデはわざと声を明るくし、話題を変える。

「あの子の魔力がここまで張り詰めていたのは、十三年前以来です。ですがあれでも表面上の態度は取り繕っていたし、精神《こころ》を落ち着けようともしていた。あなたに気を遣っていたのですよ、たぶん」

あれでか、という言葉を、クリシェは呑み込んだ。

セーラリンデはソファーから立ち上がり、胸の前で、ぱん、と両手を叩き、

「あの子は母親の顔をしていた。妻としてでもなく女としてでもなく、母として振る舞おうとしていた。だからそれを信じましょう」

どこか誇らしげに、笑った。

「子を想う母親より強いものは、この世にいません」

1

電気が使えるようになってから三日が経った。

この三日で、生活環境は随分と整った。

一番でかいのは、僕の新しい魔術――『食糧庫《ストック》』だ。

ストック、とは父さんがそう呼んでいたらしい。まさしく文字通り、戸棚の中の物資である消耗品の数が減らない、というもので、そんなでたらめなことがあるかよとたいそう驚いた。気付いた時には使えるようになっていたのでなおさらである。

詳しい仕組みはよくわからない。ただ、電気や水道と同じような魔術だという直感はある。

闇属性の■空魔術による■果混線。戸棚の中の状態を「■■と同じ」であると■認させ、内部

の状態を一定に■つのだ。

　これは戸棚の扉を閉じた瞬間に発動する。世界観■を失った空間の、波■関■を再■散させることで——ダメだ。やっぱりいまひとつ、知識と感覚の間に齟齬《そご》がある。

　まあともかく、結果だけを言うならば。

　キッチンの戸棚にストックしてあったレトルト食品やペットボトルの水、ショコラの好きなドッグフード。

　それから砂糖、塩、みりん、醤油などの各種調味料。

　加えて洗面所の棚にある、シャンプーやリンスにボディーソープ、洗濯用洗剤。

　そういった、日本でしか手に入らない消耗品が『なくならずに済む』のである。

　なお補充はパッケージ単位だ。水ならペットボトル、醤油なら瓶、シャンプーならボトル。取り出した後で棚を閉じれば次の日くらいにはストックの数が戻っているが、半分に減った水を戸棚に入れておいたとしても、中身が復活したりはしない。

「これ、シャンプーとか無限に手に入るなら異世界《こっち》で売りさばいたらたいへんなことになるんじゃ？」

「おすすめはしない」

「やっぱり市場と経済が混乱するから？」

「ん、それもある。でも一番の要因は、スイの魔術の限界」

「どういうこと？」

「たとえば今すぐペットボトルの水を全部、戸棚から出したとする。そうして一日経った後、水が復活しているかというと、たぶん難しい」

「なんでそうなるんだろう。魔力が足りない、とか？」

「んー……大雑把に言うとそう。細かく言うと術式の構造になるから少し違う。ただ『数が減りすぎると戻らない』っていうのは意識しておいて。下手をすると、戸棚の中が空っぽになった状態で固定される可能性もある」

「なにそれ、こわっ。……あ、だから『備蓄の消費を控えた方がいい』って言ってたのか。僕がこの魔術を使えるようになる前に数を減らしすぎちゃってたら、その状態がデフォルトでスタートしてたかもしれないから」

「ん、そういうこと」

――とは、この魔術を使えるようになった時に交わしたカレンとの会話。

要するに、これはずる《チート》だから慎《つつ》ましやかに使おうね、ということだ。まあ実際、米も調味料もお風呂用品も、あくまで僕らの生活を支えてくれるものであって、この異世界に混乱を巻き起こすような使い方をしては失礼だ。僕の今の状況を見越して物資を用意をしてくれた、父さんに対しても。

ただ父さんもさすがに、家がこんな森の奥深くに転移するとは想像していなかっただろう。

たとえ電気が使えても、綺麗な水が確保できても、生活用品がなくならなくても——森の中に住んでいれば、足りないものが自《おの》ずと出てくる。

　まずは服。

　これは最も喫緊で切実な問題である。

　現在、僕とカレンはふたりで三着の服を着回している。そのうち一着はカレンの女ものだから僕が着る訳にはいかず、下着に至っては言わずもがなだ。

　どうにか洗濯の回数を多くしたり、あまり動かなかった日は洗濯を我慢したりなどで凌いでいるが、そろそろ厳しいなと感じるようになってきた。

　ちなみにカレンとも話し合ったが、

「ん、私はスイの服を着るの、問題ない。スイのにおいがするから好き」

「いや洗剤は同じだからね？」

「冗談。でも、不便なのは確か」

　——と、僕の顔が熱くなるようなことを言われただけで結論は出なかった。


　で、続いては工具、ＤＩＹ用品。

　つまり釘とか金槌《かなづち》とか、メジャーとかロープとか指矩《さしがね》とか。

　これは工具そのものが必要というよりも、必要なものを作るために工具が欲しいのだ。主に、狩ってきた獲物を捌く時のためのあれこれが。

　現状、カレンとショコラには比較的小さめのもの、鳥や兎の類をお願いしている。が、効率を考えるなら猪《いのしし》とか鹿とか、そういうでかいやつを仕留めて肉を冷凍しておくのが一番いい。ただ大きな獣を解体するとなると、さすがに本格的な解体台やハンガーがいる。地面に板を置いての解体は今もやっているが、姿勢が悪くて疲れるし難儀する。外で枝に吊《つ》るすのも、今のサイズでぎりぎりだ。

　そして解体台やハンガーを製作するのに、剣一本ではどうしようもない。

　というか欲を言うなら更に、解体用のでかい包丁が欲しい。ハンガーの基礎となる滑車も欲しい。こういった文明の利器は、不足してみないとなかなか重要性を思い付かないものだなあとしみじみ思う。

　カレンにそういったものを補充できないか尋いてみた。

「最寄りの街って、ここからどのくらいなの？」

「ん……身体強化を全力で使って、不眠不休で走ればたぶん三日くらい」

「えっと、普通の手段では？」

「ちゃんと夜は野営してとなると、えと、一週間から十日くらい？」

「そんな違うんだ。身体強化すごっ……じゃあ荷物ありの馬車とかだと？」

「それも同じくらいだと思う。こっちだと蜥車《せきしゃ》が主流。飼い慣らした亜竜に引かせる。持続力がすごくて、三日くらいなら眠らずに車を引き続ける」

「それもすご……。てか、片道十日かあ」

「スイ。ヴィオレさまがもうすぐ来るから、それまではどっか行っちゃダメ」

「いや、それはわかってるよ。行き違いなんて申し訳ないし。……行商人にこっち来てもらったりとかってできないのかな」

「それは無理。ここは秘境。スイはたぶん実感がないと思うけど、普通の人間が来ることのできる場所じゃない。前人未到の魔境って言われてる」

「アマゾンの奥地みたいなもんかあ」

まあ、母さんと会ってからにはなるが、いずれ街には行きたい。

喫緊でなくとも、欲しいものはたくさんある。

たとえば薬や包帯の類。戸棚には薬箱が一応あったから、なくなることはないにせよ、いつ重篤な病気や怪我が襲ってくるとも限らない。あっちの薬が効かない、異世界特有の病気なんかもあるはずなのだ。

それからフルーツ。果実そのもの、できれば種。

そろそろ甘いものが恋しくなってきた。スイーツを作れれば言うことなしだし、果物に生のまま齧《かぶ》り付《つ》いたりもしたい。

スイーツといえばミルク、更には乳製品もだ。

たとえ街で買っても持ち帰るのに十日もかかれば腐ってしまうだろう。だったら牛とか山羊とか、庭で飼えないものだろうか。

あとは料理の幅を広げるために味噌や乾物。出汁が取りたい。グルタミン酸とかイノシン酸とかをぶち込めるなにかが欲しい。それを言い始めたら海産物が食べたいな。この際、川の幸でもいい。魚、そうだ魚だ。この近くに川が流れてないだろうか。水道が使えるからと探索をおろそかにしていたが、川があって釣りとかすれば魚が獲れるのではないか——ああ、だったら釣《つ》り竿《ざお》に針と糸！

「人間の欲って、際限がないな……」

「わう？」

「お前はスイーツも魚介類も食べられないもんな」

「わう……」

「それともクー・シーって平気なのかな」

「わう！」

「あとでカレンに尋いてみよ」

ソファーに沈みながら、ショコラを撫でて思索に耽る昼休みであった。

2

いろいろ不足するものが見えてはきたが、日々の暮らしはじわじわとルーチン化してきた。
まあ、シンプルにまとめてしまうと『狩って食って寝る』という単調なやつなんだけども。
ただ、ルーチン化できるということは効率化が進んでいるということだ。効率化が進むということは、余裕ができるってことだ。

カレンとショコラが狩りに要する時間は短くなり、僕の調理もぱぱっと済ませられるようになった。さすがにレパートリーはまだちょっと少ないけど、食べ飽きるほど単調にはならない。
冷蔵庫にお肉を貯めておけるようになったのもでかい。あまった肉を冷蔵なり冷凍なりして備蓄が増えている。

なお残念なことに、冷蔵庫の中身に僕の『食糧庫《ストック》』は作用しなかった。どうも認識の問題らしい。日々不安定に減ったり増えたりするようなものを固定するのは難しい――そういう実感が、僕の中にある。

ともあれ、だ。
異世界生活七日めにして、僕らはとうとう休みを得た。

カレンとショコラが狩りに行かなくてもいいくらい肉と野草があるし、僕のやるべきことも薪の乾燥やプランターに植えた野菜の発芽など、ひとまず待って見守るやつだけ。

「というわけで今日は、領土の拡大をしよう！　家の外に解体スペースを作る！」

「え、今までの話はなんだったの……？」

朝食を終えたのち。

居間での僕の宣言に、カレンが呆《あき》れ顔《がお》でつっこんだ。

「七日めでようやく休めるようになった、って話だけど」

「ん、どうしてそれが領土の拡大になるのかわからない」

「だって休みができたなら、今までやれなかったことをしたいじゃないか」

「……、ねえスイ。スイは向こうでどんな歪《ゆが》んだ思想教育を施されてきたの」

「ええ……普通だと思うけど……」

せっかくなにもしなくていい日なんだから普段やれないがっつりした作業をしたい派である僕と、私がスイの歪んだ心を元に戻してみせる派のカレン。

その戦いは僕の「今日やっておけば絶対に明日以降の生活が楽になる」という熱心な説得と、ショコラの「わうわう！（外に出て遊びたい）」という主張（たぶん）により、カレンが敗北することになる。

「でも、休みとは本来なにもせずゆっくりするもの。そこは譲れない」

「ごめん、休みって単語を使ったのが悪かったね……」

†

さてそんなこんなで、領土拡大、すなわち開拓だ。

といってもそんな大袈裟なものじゃない。家を囲むブロック塀の外――その一画を切り拓いて、獲物を解体する作業場を作ろうというのである。

面積にして四、五メートル四方、だいたい八畳くらいか。

作業台、それからハンガーフックを常時設置できて、大きめの獲物も処理できるのが理想。とはいえ作業台もハンガーフックも今はどうにもならない。ので、まずはスペースを確保し、それからちゃんと僕の魔術が作用するか――つまり塀の外側の空間も結界で守ることができるかの検証をする。

検証というより、できるようにならなきゃいけないんだけど。

場所は門の横。ちょうどワイバーンの首を埋めたところの周辺だ。解体場が門のすぐ隣にあるのはどうかとも思ったが、狩りから帰ってきて獲物をわざわざ裏手に運ぶのは効率が悪い。客が来る訳でもなし、これでいいや。

本当は水を潤沢に使いたくて、だからキッチンの流し場なり井戸なりからどうにかして引っ張ってきたい気持ちはある。ただこれは今は無理。ホースもないし。

まあ、できないことは後回しだ。

「この辺くらいまでかな」

スペースを決めて、その中に生えてある樹をまずは処理する。

全部で五本。薪のストックが増えると思えばやる気も出る。

「よ、っと」

魔剣リディル（ほんとこの名前はどうかと思うよ父さん）を振るって樹木を次々と伐採していく。倒れた木々はその場で二、三分割しつつ庭に運ぶ。

「ショコラ、できる範囲でいいから枝を落とすことってできるか？」

「わうっ‼」

たったか走って木々のところへ行き、牙をしゅぱっと一閃。さすがにそれほど細かくはないし、裏返して反対側の枝も――とまではいかないが、それでもめちゃくちゃ助かる。うちの犬はたいへんかしこい。

「わうっ！　ばうばう！」

「ちょっと、葉っぱについてる虫を食べちゃいけません！」

「くぅーん」

かしこい、はず……。

「だいじょぶ。クー・シーはなんでも食べる。よほどの猛毒でもない限りは平気だし、毒かどうかもちゃんと嗅ぎ分ける。スイは過保護すぎ」

「そうなのか……でもさあ」

普通の犬として十三年間一緒にいたから、なんだか心配だし感覚がいまいちわからないんだよなあ。

「わう？」

「うん、わかった。お前の鼻を信用することにするよ。でも変だと思ったら食べちゃダメだぞ」

「わん！」

わしゃわしゃと撫でる。

まあ枝をばさばさ楽しそうに切ってるし、放って作業に戻ろう。

次は抜根だ。切り株の周囲へ剣を適当に刺し、地面に埋まっているであろう根っこを切る。

それからシャベルで切り株を掘り起こす。魔術のお陰で一連の作業がめちゃくちゃさくさく進むし楽である。

ただ、身体強化したままに力任せでやるとたぶんシャベルが保たない。加減をうかがいつつ、硬そうな部分は剣で代用する。

「この剣、なんか土木作業にしか役に立ってない気がする……」

「ん、おじさまも似たような使い方をしていた。だからだいじょぶ」

「父さんがこの剣使ってたの、記憶にないんだよな」

「私もそこまで詳しくは覚えてない。ぼんやり。私はスイより少しお姉ちゃんだから、ぎりぎり覚えてた」

「……カレンって、幾つなの？」

「淑女《レディ》に年齢を尋くのはダメ」

「もしかしてエルフって長寿だったりする？　見かけより長く生きてるとか……」

「たまに言われる。けどそれは誤解」

「あ、そうなんだ」

　この世界において人の寿命は、魔力の質と量、魔導の熟練度によってある程度の延びを見せるそうだ。おまけに魔力が充実している間は若さを保つので、六十、七十になっても二十代の外見をしているような人もいるとか。

　平均寿命もあちらよりも長く、百歳ほど。百五十過ぎまで生きた例もあるらしい。

　でもって、エルフは他の人種よりも魔力を溜め込みやすい体質をしている。なので百を超えても元気な人や、若い期間の長い人の割合が多い。

　これらに加えてエルフが少数民族なこともあり――あいつらどいつもこいつも若いし長生きだな、からの『二百も三百も生きるのでは？』という誤解が生まれ、一部で根強いとのこと。

「じゃあ、やっぱりカレンは僕と同じくらいなの？」

「ん。でも私の方が少しだけお姉ちゃん」

「少しだけって何年くらい？」

「二年くら……あ」

「なるほどね」

「むう……誘導尋問は卑怯《ひきょう》。スイはあっちでやはり歪んだ教育を施されている。私が叩《たた》き直《なお》す必要がある」

「いいじゃないか。家族の年齢や誕生日はちゃんと覚えておきたいよ、僕は」

「ん……そう。家族、かぞく」

背中を向けて俯き加減に、カレンは身体をもじもじさせる。

かわいいな、と思うけれど口には出さない。

「切り株引っこ抜いた後の穴、どうしようか」

「別のところから土を運んで埋めないと。危ない」

「ゴミ捨て場として利用できないかな？　コンポストというか。えっと……生ゴミとか、あとは獲物の食べられない部分とかを集めて堆肥にするってやり方が向こうではあったんだよね。まあ本当に堆肥になるかどうかは置いといて、だけど」

「ん、じゃあひとつの穴を大きく深くして、その土で他を埋めるのは？」

「いいね、そうしよう」

わいわいと話しながら作業は進んでいく。

こういうの楽しいな——ひとりにやけながら、僕はシャベルを土に突き入れた。

3

門から最も遠い抜根跡を、穴として残すことにした。

初日にショコラが倒したワイバーン、あれの首を埋めた場所に近い。なんとなく気分で、こういうのはできるだけ近くまとめた方がいいかなと思ったのだ。

本当ならちゃんとした容器——コンポスターを設置するのがいいはずで、というより『コンポスト』と説明はしたが堆肥になってくれるかはわからない。ただ獣を殺して食べている以上、どうしたって廃棄しなきゃいけない部位は出る。骨は薪と一緒にボイラーで燃やすとしても、内臓なんかをその辺に捨てる訳にはいかない。せめて土に帰ってもらわなければ、殺した獣たちに失礼だ。

元々の穴を拡張するように、深めに掘る。掘り返した部分の土は他の抜根跡へ埋めて固める。

「ひとまずはこんなもんか」

正直、コンポストなどとはとても呼べないゴミ捨て場であるし、この穴へ無節操に生ゴミを捨てていたら臭いとかがえらいことになるだろう。毎日、ゴミを捨てたその上から土をかぶせていくしかない。それでいっぱいになったらまた別のところへ同じように——という感じ。

「なんかこう……そういうの埋め続けて、変なものが生まれないといいな」

たぶん本格的に使い始めたら、解体の時の血もこの穴へ流すことになると思う。完全に儀式みたいだ。別に遊んでる訳じゃないんです、生きるためにやってるんです。どうか僕らの血肉となった命が成仏してくれますように。

仏さまがこっちの世界まで見てるのかはわからないけど。

「スイ、なにしてるの？」

穴に向かって手を合わせていると、背後からカレンが呼びかけてきた。

「あ、いや。お祈り？　おまじない？　みたいなもん」

「いただきます、っていう食事の前のやつ。あれと同じ所作に見えた」

「うん、意味合いはだいたい同じだよ」

「ここから先、どうする？」

「あー……えっと、この辺に作業台でしょ、その隣にハンガーフックを設置するとして、まあそういうのは工具とかが手に入ってからかな。滑車って街に売ってるんだよね？」

「ん、たぶん。獲物を吊り下げての解体は冒険者ギルドでやってるはず。だから、もし売ってなくてもそっちで譲ってもらえばいい」

「そっか。じゃあ、あとは……このスペース、なにかで囲んだ方がいいよな」

「ん」

カレンはこくりと頷く。

「本当は、スイの魔術ならそういうのすらいらない。自分が認識した範囲であれば結界は作用するはず。でもたぶん、その『認識』を強固にするには、なにかで囲った方がいいと思う」

「だよねー。正直、境界線のないエリアを『自分の陣地です！』って言い張れる自信がないや。あー、このブロック塀をどうにかして移動できればなあ」

「土壌の操作は土属性の魔術、それもかなり高等なものが必要」

「僕は闇で、カレンは風と水。ショコラが光で、母さんは……」

「火と水、とりわけ炎と氷。土属性の魔術は獣人が得意。あと植物系の魔物も使うことが多い」

「まあ、使えないなら無理だ。煉瓦《れんが》焼いたりできないもんかな」

「ん、いずれはそういう設備を建てられるかもしれない。けど、今はスイの魔導の練度を高めよう。慣れてくれれば家の外にいる家族も守れるし、外出中でも家を守れるはず」

「まじかすごい」

カレンがこれだけ具体的に語れるってことは——父さんはできてたんだろう。

「まあ、剣だけじゃなくてこの家も父さんから受け継いだみたいなもんだ。僕もできるようにならなきゃな」

とはいえ最初から千里を走りきれるはずもない。一歩ずついこう。

†

倉庫をあさった結果、杭《くい》とロープでよかろうということになった。

逆茂木《さかもぎ》とか柵、あとは堀も検討したが、どれも手間に比して実用性に欠ける。そもそも僕が結界を張れるかどうかがほぼすべてなので、防御性は必要ないというのが結論である。

むしろ防御性がない方が魔導の修練になる、とはカレンの弁。

という訳でさっき伐採した木を切り分け、先を尖らせて杭にし、それを等間隔で地面に突き刺す。でもって、倉庫にあったロープで杭と杭を結んでいく。

「ロープも補充したいな。これも消耗品だ」

けっこうな長さのものがぐるぐる巻きに保管してあったのでまだしばらくは大丈夫そうだが、なにせこいつは使い勝手がいい。獲物を吊るして解体する時、薪を束にしてまとめる時、僕の剣を背中に固定しているのにも使った。僕がまだ必要に駆られていないだけで他にも便利な使い道はごまんとあるだろう。

「なんでもかんでも魔術でチートとはいかないよなあ。まあ、少しは苦労があった方が楽しくはあるんだけど」

ものを作る、なにかを生産するのはけっこう好きだ。

日本《あっち》で父さんのために頑張っていた料理も、むしろ自分がやりたいからというのが大きかった。今までは単に『料理するの好きなんだよね』で終わっていた自身の趣向だが、異世界《こっち》に来てから趣味だったんだと気付かされた。

それも、どうも料理だけじゃなかったらしい。

割った薪がどんどん積み重なっていくのが心地いい。こうして樹を伐採してスペースを作るのも、解体場をどんなふうにするのがいいか考えるのもわくわくする。畑やプランターに植えている野菜の種が発芽するのが待ち遠しい。

しかもそれらすべてが、生きることに直接繋がっている。

学校の勉強が嫌いだった訳じゃない。ただ、将来なりたい職業と言われてもずっとピンと来なかった。父さんに楽をさせなきゃなとは思っていて、だからそこそこの大学の、なんだか就職に困らなさそうという理由で経済学部を受けた。合格は嬉しかったが、一方で安堵の方が強かった。

今日は何月何日だっけか。あっちとこっちで時間の流れが同じなのかはわからないけど、もうそろそろ三月も末、今頃は入学手続きも締め切られているかもしれない。だけど正直なところ、あまり惜しくない自分がいる。

だって僕は今、自分の家を守りながら地に足をつけて暮らしているのだから。

父さんに胸を張って言える。

僕は生きていて、毎日を楽しく過ごしていますって。

あなたの大切な家を、僕は受け継ぎましたよって。

「よし」

ロープを結び終えた。

振り返ってスペースを見渡してみる。なんとも不恰好で、みっともない。でも、今はこれでいい。これから先、どんどんよくしていけばいい。

このスペースは――塀の外ではあるけれど紛れもなく、僕らがこしらえた、我が家の一部だ。

「カレン。結界、大丈夫だと思う。なんとなくそんな感じがする。どうやって試してみる？」

「ん、私がその杭とロープに魔術を撃つ。結界が作用すれば防がれるけど、作用してなかったら杭が壊れる」

確かに、杭だけならもし壊れてもそこまで惜しくない。

僕は数歩を退がり、杭の脇に行く。カレンは掌をかざす。

さて成功か失敗か。まあ成功するだろうなと、割と気楽にカレンのことを眺めていると。

その背後、森の奥の茂みが――がさりと揺れた。

「カレン！」

「……っ！」

僕が叫ぶのと、カレンが動くのはほぼ同時だった。

魔術を撃つのを中止し、彼女は僕の方へと跳躍する。入れ違いざまに今まで立っていた場所を舐めるように、豪《ゴウ》、と。

炎が、吹き付けられた。

「ギぃゐきルルるるルるる……」

奇襲が失敗した怒りの唸り声とともに、そいつは茂みの奥から姿を現す。

「すっげえ。絵に描いたようなグリフォンだ……」

鷲《わし》の上半身、獅子《しし》の下半身、そして猛禽の羽根。

ただ僕の知っているファンタジーのグリフォンと違う点がひとつ。

背中にびっしりと細かい、赤褐色の坩堝水晶《クリスタル》が生えている。

「グリフォンの変異種」

僕の隣に着地したカレンが振り返りながらつぶやいた。

「わう！　ぐるる……」

いつの間にかショコラも駆け付けてくれていた。僕とカレンの前に立ち、守るようにグリフォンを威嚇する。

「ギリくまさんと同じやつか……」

「この辺にはもういなかったはず。離れた場所から遠征してきた？　声をかけてくれてありがとう、スイ」

「いや、カレンの方が先に反応してたよねあれ。背を向けてたのに」

「私は慣れてるから。向こうで育ったスイが気付けたのはすごい」

「まあ、やっぱり森に囲まれて生活すると周囲を警戒する癖がついちゃうしね……」

それでも、はっとなったのはたまたまだろう。

「倒せそうかな。というか、僕の結界はこいつの攻撃を防げるかな」

「熊の変異種に対して無敵だったのなら、だいじょぶ。自信を持つのが大事」

「じゃあ」

「でも気を付けて。倒す時に結界から絶対に出ちゃダメ。倒した後も。ショコラもいい？」

「わう……？」

「理由は？」

目前のグリフォンは、こっちへまだ襲いかかってこない。

ショコラの威嚇が効いているのだろうか。身構えたままじっとこちらを睨んでいる。

その様子を警戒しながら、カレンは応えた。

「グリフォンはつがいで狩りをすることが多い。変異種だから単独かもしれないけど……もしそうじゃないなら、連携を取ってくる」

その言葉と同時。

空——真上から風切り音が迫ってきて、僕は視線を上げる。

4

直上からの急降下。

まさにカレンの忠告通り、もう一体のグリフォンによる襲撃だった。

なるほど、つがいでの狩りとはこういうものか。片方が相手を惹きつけている隙に、もう片方が死角から強襲。真上に反応できても先に姿を現した方へ隙を見せることになるし、確かにこれは成功率が高そうだ。

だけど――僕は、慌てなかった。

僕だけじゃなくカレンも、そしてショコラも。

視線を向けはしたし身構えもしたが、こいつらの攻撃は成功しないことがわかっていた。なんとはなしに確信があったのだ。結界はある、と。

というか僕は自分のことだからいいとして、カレンとショコラ、僕に対する信頼が厚すぎない？　嬉しいというより責任感で不安になってくるんだけど大丈夫なの？

「キききゃぅぅぅゥ!!」

甲高い悲鳴が、上と前、二方向から同時に起きる。

それと同時に、ぐわぁん、と透明な壁の振動音。

空からの急襲と前方からの突撃、両方が結界によって弾かれた。

前のやつはともかく上のやつはとんでもない勢いで衝突したけど、無事なのだろうか。いや敵の心配をしちゃいけないのだが。

「きゃゐイイ、いいいいリリるルル！」

無事らしい。さすが変異種。気絶くらいしてくれてもよかったんよ……？

双方、壁の存在を警戒したのか距離を取る。上のやつはそのまま滞空し、前のやつは前脚を屈めて頭を上げる。

「炎が来る」

カレンが短く発したのを合図としたかのように、豪《ゴウ》と轟《ゴウ》。

視界いっぱいを紅蓮《ぐれん》が舐める。

「つ、……と！　熱くはない、か」

熱も伝播《でんぱ》してこない。だけど空気はどうなんだろう？　燃焼によって酸素が消費されたらちょっと危ないのではないか。もちろん全周すべてが炎で覆われている訳ではないのだけど。

「さすがスイの魔術。完璧」

「ありがとうね。でもよく信頼してくれたな……身じろぎもしないからちょっと焦ったよ」

「魔力の流れでわかる。ちゃんと発動してた」

「わう！」

「あ、確信あってのことだったのね」

盲目的に命を預けてきたのではなくてほっとする。まあそれはそうか。

「で、どうしようかこいつら」

「グリフォンは本来、温厚で警戒心が強い。初撃で仕留め損ねた獲物からはすぐ諦めて離脱する。……それに、炎の属性も持っていない。本来は風属性の魔物」

「しつこそうなのも火を吹くのも、変異種だから？」

「ん。おそらくは魔力坩堝《るつぼ》によって変異したことで、性格が変わって、属性も増えている」

「対策は？」

「結界から出ずに二頭とも仕留めるしかない。ただ、私の魔術はあいつらとちょっとだけ相性が悪い」

「僕がギリくまでやった手はどうだろ。なんか黒い魔力の塊を飛ばしたら、相手の動きがめちゃくちゃ鈍くなったんだよね」

「当てられる？」

「……やってみないことには。ただ、自信はないなあ」

あの時は、ギリくまさんがその場から動かずに執拗《しつよう》な暴力を試みる脳筋だったから当てられた。だけどこいつらは素早い。あれをべちゃっと飛ばしても、容易に避けられる気がする。

「ん、わかった。じゃあ私が先手でいく」

「相性が悪いんじゃないの？」

「ちょっとだけ。一対一なら絶対に負けないけど、向こうが二体いるとやや困る、くらい。頑張ればだいじょぶ」

「僕とショコラにできることは？」

「まずは私が手前のやつの視界を塞ぐ。ショコラは上のやつに攻撃を仕掛けて。スイは手前のやつに遅延魔術。避けられてもいい。回避行動を前提に見ていれば動きは読めるから、私が追撃する」

「わかった」

「わう！」

「タイミングは私が見る。合図で動いて」

上と横からの炎はまだ止まない。ただ、永遠に続くはずもない。これが途切れた瞬間がチャンスだろう。

そう思い、三者三様に身構える。

その時。

グリフォンの背後から声があった。

「……ひとつ《Cht》。永劫《Gh》は、煩悶《Hm-i》に鋼の線《Hg-Ln》を引く《Dt》」

——カレンのものではない、女の人の声。

「ふたつ《Nw》。刹那《Sn》よ、小指《Vf-i》に黄金《Ag》をまぶせ《St》」

静かで、柔らかく、内に激しさがあって。

それでいて何故か安らいだ気持ちになる——そんな声。

「重ねて《Wt》、青と赤《I-F》。散れ《Kl》」

知っている。

僕はこの声を、知っている——。

「……『菫の苞《Violet》は、天鈴を鳴らす《H - B》』」

瞬間。

グリフォンの二体が、同時に氷で覆われた。

悲鳴をあげる間もなく、反応する暇もない。

地面にいた一頭はそのまま動きを止める。空中にいた一頭は落下してきて、結界に当たって

ごろりと転がった。

続いて、炎。

それは氷塊の内部で燃え盛った。

外側を凍らせながら内側を燃やす。氷で閉じ込めながら焼き殺す。そんな矛盾、そんな不条理。氷塊の中でグリフォンがもがき苦しんでいるのが透けて見える。けれどどんなに暴れても、内部で豪炎が猛《たけ》っていても、氷の牢獄《ろうごく》は決して溶けることがない。

やがてグリフォンが二頭とも事切れ、それに伴い変異種特有の断末魔――坩堝水晶《クリスタル》の属性放出が起きる。風と炎が死体を巻き込んで荒れ狂うも、すべては氷塊に阻まれてこちらには物音ひとつとして伝わってこない。

「……怪我はなかった？」

僕らは、無言だった。

あっけに取られていたのもある。あまりの凄《すさ》まじい魔術に驚愕していたのもある。

ただ、それ以上に。

こちらへ歩いてくる、その姿。

真っ黒なマントと、これも真っ黒なとんがり帽子。

童話に出てくる魔女みたいな格好だ。

近付きながら、帽子を脱ぐ。

溢《こぼ》れた髪は白銀色。光に灰をまぶしたみたいに、きらきら光っている。

開いたマントから覗くその下の装束は艶かしい。露出が多く、ドレスの胸元もスカートのスリットも大きく開いている。たぶん誰しもが惹きつけられて振り返るのだろう。

だけど僕は、色っぽいとかそういうことを、まったく思わなかった。

どきどきもしなかった。カレンの時はあんなにも心臓が忙しくて顔も熱くなったのに、この人からは異性としての魅力などなにも感じない。

そりゃそうだ、と思う。

当たり前だ。だって。

だって、この人は。

「カレン。策は良かったわ。あのままでも勝てたでしょう。いいところを持っていっちゃって、ごめんなさいね」

カレンは静かに首を振った。

「ショコラ、成長したわねえ。今までありがとう。不甲斐ない主人を許してね」

ショコラはくぅん、と鳴き、彼女の足元へ身体を擦り寄せる。

そして。

「スイくん」

目の前で立ち止まったその人は、僕の名を呼ぶ。

ゆったりとふたつに結われた白銀の髪。

身内贔屓《ひいき》をしなくても綺麗な顔立ち。

そして優しい色をした、菫の瞳。

「ごめんね」

短い、けれど万感が込められたひと言とともに、抱き締められる。

「つらい時に、傍にいられなくてごめんね。あなたが大きくなるのを見守ってあげられなくてごめんね。長い間……ごめん、ごめん、ごめんね」


会ったらなにを言おう、とずっと考えていた。

なにを言えばいいのか、ずっとわからなかった。

だけどその姿を見て、顔を見て。

ぽっかりと虫食いみたいに抜け落ちていた記憶の欠片が、急に色と形を成して。

僕は僕を、僕が何者なのかを、思い出した。

波多野翠。

波多野和輝を父に、ヴィオレ＝ミュカレ＝ハタノを母に持ち、この家で――この世界で生まれた、僕は。

懐かしい体温を抱き締め返しながら、目を閉じた。

「おかえり、母さん」

第六章 ★ ただいま、父さん

1

しばらくの間、抱き締め合っていた。

母さんの力は強くて、たぶんそれは感情の強さなんだろう。僕は子供——五歳よりも前に戻ったみたいな気持ちで、ひとときは照れを忘れて母さんの体温に身を任せていた。十八にもなってみっともない、なんて思わなかった。だって母さんはきっと、ずっと——十三年間、僕をこうして抱き締めることを夢見てきたのだろうから。

「そうだ、いろいろ持ってきたのよ。庭に置いてあるわ」

やがて身体を離し、母さんは門の中へ視線を向ける。果たして庭先には、これ担いできたの？　とあっけに取《と》られるサイズのリュックが置いてあった。

背嚢、というのだろうか。デザインがいかにも異世界って感じだ。

「カレンから、差し当たって足りてないものを聞いてたからね。あとで一緒に確認しましょう」

「母さん、疲れてない？　大丈夫？」

確か『五日くらいで着く』って聞いてたけど、今日はまだ四日めだ。カレンと同じようにきっとすごく急いでくれたのだろう。ただカレンが荷物を捨ててきたのに対し、こちらはあんな大荷物を背負って。

だからきっとカレン以上に疲れているはずだ——あっちは着くなり眠りこけ、まる一日眠っていた訳だし。

だが、母さんは僕に微笑んだ。

「平気よ。このくらい、なんてことないわ」

カレンが傍に来て、そっと耳打ちする。

「スイ、だいじょぶ。母は強い。ヴィオレさまも強い。ふたつが合体してすごく強い。……私なんかはまだまだ」

「そっか……わかった」

ただ『まずは休む』っていうんじゃないんなら。

「母さん、あの……父さんのことなんだけど」

——この話だけは最初にしておかなければならない。

父さんが死んだことを、母さんは既に知らされている。カレンがここに着いた日の翌日、通信水晶《クリスタル》で連絡したそうだ。この連絡があり、母さんの到着は予定より少しだけ遅くなったらしい。

母さんはきっと悲しんだだろうな。僕になにか言えること、できることがあるのかな。そんなことを思いながら顔を窺うと、やっぱり母さんは微笑み、

「ええ、聞いているわ。……スイくん、たくさんのものを背負わせてしまってごめんね」

僕を抱き締める。

「……っ」

自分のことではなくて、僕のことを案じて。

ああ、父さんと同じだ。

自分よりも僕を優先してくれる——この人はやっぱり、僕の親なんだな。

母さんは僕の頭を撫でながら、玄関へと促した。

「ねえスイくん、家の中、案内してくれる？　十三年ぶりの我が家だもの……いろいろ、見て回りたいわ」

†

玄関を開け、空っぽの花瓶を見て母さんが言う。

「この花瓶ね、スイくんとカレンが育てた花を飾ってたのよ。いたずらで畑に種を植えて、野菜に混じって咲いちゃってね」

カレンは「そういえばそうだった」と恥ずかしそうにつぶやいた。僕も確かに、いたずらのつもりだったのに叱られずに花瓶を彩ることになったのが、嬉しいようなむずがゆいような気持ちになったなと思い出す。


居間の風景を見て、母さんは少し息を呑んだ。

「あの頃から、ほとんど変わってない……」

「……ソファーとかカーテンとかテーブルとか、たぶん当時と同じものだと思う。僕も記憶がある。古くは感じるけど、そうそうダメになっちゃうものじゃないから」

「あのカーテン、覚えてる？　ふたりがかくれんぼしてたの。カレン、足が出てるのに隠れられてると思ってて。スイくんがすぐに見付けて……」

「ヴィオレさま、それ以上はだめ。私の恥ずかしい過去。今ならもっと上手く隠れる」

「わうっ！」

「そうだな。どんなに上手く隠れても、お前の鼻があれば一発だ」

「むー。ショコラに頼るのはずるい」

僕らが笑い合う横で、顔をそむけて目もとを拭う母さんの姿が視界の端に入った。僕は気付いていないふりをした。

……こちらを向いた時にはもう、微笑みを浮かべていたから。

居間、キッチンカウンターについた傷を撫でながら母さんが懐かしそうに言う。

「これ、お母さんが料理しようとしてね、魔術を使ったら勢いがつきすぎちゃって。私は結局、料理が上手くならなかった。あなたにも、ろくな手料理を食べさせてあげられなかったわ。ごめんね」

「僕が作れるようになったから大丈夫。父さんも料理なんてちっともできなかったし……だから我が家では、僕が調理担当だよ」

「すごい！　楽しみにしてるわ」

申し訳なさそうな、ちょっと悔しそうな、けれどそれ以上に嬉しそうな顔をしてくれた。

台所の棚を開け、ぎっしり詰まったペットボトルの水や缶詰、レトルト食品に母さんは驚く。

「これ、あの人……お父さんが？」

「うん。こっちに来た時のために備えてくれてたんだと思う」

「スイくんはもう『食糧庫《ストック》』は使えるの？」

「一応。使えることに気付いたの、つい昨日の話なんだけど」

「よかった。ここには昔、ほとんどなにも入ってなかったの。でも缶詰が少しだけあってね。サバ……だったかしら、お魚の。うっかりなくならないようにおそるおそる、少しずつ大切に食べていたわ」

　その時の経験があったから、父さんはいろんなものを入れたんだろう。

　洗面所。

　洗濯機の置かれた脱衣所や、お風呂場に置かれたシャンプーなんかを見て、母さんは喜びの声をあげながらボトルを抱える。

「これこれ！　髪の艶と手触りがもう全然違うのよ！　……あれ、こっちのボトルはなに？　シャンプーとリンス、ボディーソープはわかるけど」

「トリートメントだよ。リンスも正確には、コンディショナーっていうんだ。トリートメントは髪の毛を内部からケアするもので」

「私の知らないやつだわ！」

「ヴィオレさま、それかなりすごい。私の髪、見て」

「気になってたのよ、カレンの髪の毛！　……十三年であっちの世界も進化したのねえ」

　それはたぶん、十三年の進化ではない。だってトリートメントなんて向こうの家には置いていなかった。そもそもシャンプーからリンスからなにから、あっちで使っていたものではなくて——すべて、女性向けの製品で統一されてある。

だからこれらは父さんが、母さんやカレンのために用意したのだと思う。僕だけじゃなく、ふたりに喜んでもらうために。

「全部、棚の中に予備があるから使ってもなくならないよ。歯ブラシとかも」

「素敵、最高だわ！」

「ん。それにショコラ用のシャンプーもある。すべて完璧」

「わう……」

シャンプーという単語を聞くと露骨にテンションの下がるショコラを撫でつつ、僕は父さんの気遣いを黙っておくことにした。そういうのを話すのはきっと、もっとずっと後、いろいろなものが癒えてからでいい。


家電製品の数々にも、母さんはテンションを上げていた。

こちらはシャンプーなんかと違い、前にあったものよりも確実に進化している。

「洗濯したあと、そのまま服を乾燥してくれるの？　すごいわねえ……冷蔵庫もだけど、また機能をいろいろ覚えなおさないといけないわ」

「ボタンとスイッチひとつで勝手にやってくれるから、洗剤の入れ方だけ間違えなきゃ大丈夫。でも壊れると怖いから、しばらくは僕と一緒にやろうね」

「嬉しい、ありがとうね、スイくん。前の洗濯機とは形が全然違うから、触るのがちょっと怖いわ」

確か洗濯は母さんがしていた、そんな記憶がある。母さんが庭にシーツを干す中、僕とカレン、子犬だったショコラは走り回った。シーツにぶち当たるのが面白くて、せっかく洗濯したのにと母さんが叱ってきて——ああ、今まで思い出せなかっただけで、僕にも母さんとの思い出はたくさんあったんだ。


そうして。

一階をひと通り見て回り、懐かしい風景に感じ入ったり新しい風景に驚いたりなどし、次は二階かな、と僕が思っていると。

母さんはまさに僕の思考を読んだかのように上を指差し。

「ところでスイくん、二階なんだけど……開かない部屋があったりしなかった？」

「うん、あった。鍵がかかってた。壊すのはさすがにと思って後回しにしてたんだけど……もしかして」

「やっぱり」

いたずらっぽく笑い、首にかかっていた紐を手繰って、胸元から光るものを取り出す。

「ここにその鍵があります。あそこはお父さんとお母さんが使っていた部屋なの。今からちょっと見てみましょう？　たぶん、なにかあると思うから」

2

二階、階段をのぼった先、左手前。

開かずの間。

鍵がかかっていて――さすがに壊してまで中を確かめる気はしなかったのでそのままになっていた一室を前に、母さんが首から下げた鍵をひらひらさせながら微笑む。

やけに大仰なデザインのそれは、異世界《こっち》で作られたものだろう。

「ここがなんの部屋だったか、スイくんは覚えてる？　……いえ、思い出した？」

「うん、思い出したよ。父さんと母さんの部屋だ」

もちろん『思い出した』のは当時の記憶も含めて、だ。

「ここで遊ぶのは禁止だったね。カレンと一緒に入ろうとして、何度叱られたことか。結局、鍵がかかるようになっちゃった」

この年齢になって考えると、夫婦の寝室なんて不可侵領域そのものだ。いくら子供であっても中で好き勝手してはいけない。

「これはその時の鍵よ。ふたつ作って、お父さんとお母さんがひとつずつ持ってたの」

「そっか……家の鍵とは別に、どこかに仕舞ってたのかも」

母さんが鍵を差し込み、回す。

ドアはあっけなく開いた。

中に入ると、そこはまさに父さんと母さんのための空間といった趣。

しかもこの部屋だけ——家具の意匠が、明らかに現代日本のものではない。

木彫りの装飾が施されたダブルサイズのベッドがひとつ。

古めかしい化粧台がひとつ。

それからクローゼット、事務机、ほぼすべてが異世界産だ。

「っ、あの時のままだわ……」

ずっと僕に母親の顔だけを見せようと頑張ってきた母さんが、ついに声を詰まらせた。だけどすぐさま、ぱん、と自分の両頬を叩く。

そうして事務机の上にある、黒くて四角い物体を指さした。

「あれ、スイくんはわかるわよね」

「ノートパソコンだ」

「十三年前にあの人が使っていたものとは形が違うわ。向こうで買い直したのかしら」

「パソコンは新型が出るのが早いんだ。十三年前のやつだともう古くなりすぎてる。これはたぶん、一、二年前のモデルだ」

「確かめてもらえない？」

机まで歩んでいき、開く。

電源を入れるとすぐに起動した。パスワードはかかっていない。床、椅子の下に電源コードがあったので、近くのコンセントに差し込んで繋ぐ。

「中には……」


デスクトップ画面には、フォルダが三つ。

『アルバム（印刷済）』。

『アルバム（未印刷）』。

それから、

「『家族へ』――」


「使い方は変わってないの？」

「ああ、うん。フォルダを開くとかの基本的な動作は昔も今も同じだと思う」

「スイくん、お母さんにやらせてもらえる？」

「わかった」

退《さ》がり、母さんを事務机の椅子に座らせる。

僕とカレンはその両脇からディスプレイを覗き込んだ。

「わう」

「おっとショコラ、お前も見たいのか」

ひょこひょこと頭を動かしているので、抱きかかえてやる。

大型犬サイズの図体だけど、今の僕にとっては軽い。

「はは、子犬の頃に戻ったみたいだな」

「くぅーん」

背中を丸めて抱えられるがままに、はっはっはっはっと舌を出すショコラ。

それでも視線はしっかり、パソコンのディスプレイを向いていた。

母さんはタッチパッドに指を這《は》わせ、思いのほか慣れた手付きでカーソルを操作した。そうして『家族へ』という名前のフォルダを開く。

中には、動画ファイルがひとつ入っている。

部屋は静かだ。みんなが固唾を呑んでいた。

母さんが少し震える指先で、ファイルにカーソルを合わせてタッチパッドをタップする。

サムネイルは、みんながなんとなく想像した通りのもの。

カメラを正面にした父さんの、バストアップ。

「……顔の感じと髪の長さからして、たぶんつい最近だ」

「おじさま、幾つだったの？」

「四十一歳だったかな。向こうの感覚だと、歳にしては見かけがだいぶ若かったよ」

「ん、こっちでは魔力が充実していれば老いが遅い。きっとその分の年月」

ああ、なるほど。

昔からずっと「お前の親父《おやじ》さん、若くていいよな」なんて言われてきたっけ。

母さんはしばらくの間、その――おそらくは記憶にあるものよりも十三年分の歳を重ねた――父さんの静止画を見詰めていたが、やがて意を決したように再生ボタンを押す。

動画が、始まった。

†

『翠、それからたぶんいるだろう、ヴィオレとカレンへ。これを見ているということは、僕はきっとこの世にいないんだと思う。……って、なんだか漫画みたいなセリフだね。生きた僕もそこにいたら笑い話だけど、その場合、僕は恥ずかしくて動画の再生を止めるだろうからそういう前提で始めるよ』

僕とショコラにとってはおよそ半月ぶり、母さんとカレンにとっては十三年ぶりの、声。

『なにから話そう。……そうだな、伝えたいことはいろいろあるが、まずは翠、お前に僕のこ

とを知ってもらうのから始めよう。お前はきっと、僕のことを……僕ら家族がどんなふうにして生まれたのかを、知らないだろうから』

ショコラの体温が消え去ったように感じるほど、その声に聞き入る。

『まず、僕は正真正銘、地球の日本に生まれた人間だ。そんな僕がそっちの世界に転移したのは二十三年前……十八歳、高校を卒業したばかりの頃だった。死んだ両親と一緒に住んでいた家とともにね。……そうだよ、翠。お前が今いる、この家だ。異世界の人たちは、僕の転移を「境界融蝕現象」と呼んでいた』

十八歳。

奇《く》しくも、今の僕と同じ年齢。

『転移した先はソルクス王国の南にあるネルテップという町のはずれ、原っぱのど真ん中でね。そりゃあ大騒ぎになったもんさ。……翠も覚えているかな、ネルテップのこと。よく家族で行ってたけど、もし思い出したのなら一度、赴いてみるといい。……ただ、お前と家が今回どこに転移したのか、僕にはわからない。辺鄙なところだったら苦労するかもしれないから、物資はできるだけたくさん棚に入れておいたけど。まあ「神威の煮凝り」でもない限りは大丈夫、なんとかなるさ。ははっ』

「……『神威《しんい》の煮凝《にこご》り』だったんだよなあ」

「ん、でもなんとかなった」

僕とカレンは小声で苦笑し合う。

父さん「ははっ」じゃないよ「ははっ」じゃ。

『まあネルテップではすごくいろいろあって、ついでに王国ともいろいろあって、その際に母さん……ヴィオレと出会った。馴《な》れ初《そ》めは恥ずかしいからやめとこう。気になるんだったら母さんに尋いてみるといい』

「押し付けるんじゃないわよ……」

すごく呆《あき》れた調子で母さんがつぶやいた。僕やカレンに対する態度とはまるで違う口調で、たぶんこれが母さんの、父さんに——夫に見せる顔なんだろう。

『僕らは出会って、一緒に冒険者として活動を始めた。大活躍だったんだ、本当だぞ？　……で、その過程で親を失ったクー・シーの子犬を拾い、エルフの友人から赤ん坊を託された。ショコラとカレンだ』

名を呼ばれたショコラが、なにかに希《こいねが》うように「くーん」と鳴く。

きっとわかっているのだろう。これが映像で、かつての主人はもうこの世にいないことを。その面影にじゃれつくことは、もうできないのだと。

『父さんと母さんは一緒に冒険しているうちに、お互いを好きになって、結婚した。やがてお前が生まれた。ヴィオレにショコラ、カレン、そして翠。僕は異世界で、妻にペット、娘と息子——家庭を持ったんだ』

カメラに向かって話す父さんの顔はとても穏やかで、どこまでも優しい。

僕やショコラだけじゃなく、あっちの世界にいなかったふたりのことを大切に思っているのが伝わってくる。

『そこから先のことは、もう思い出したかい？　お前はそっち……異世界で生まれ、ごく普通に暮らしていた。だけどのっぴきならない事情があって、僕と翠、そしてショコラは再びこっち……日本に戻ることになった』

だが、すぐに。

その穏やかな顔が、どこか厳粛なものに変わる。

父さんはいったん言葉を止めて息を深く吐き、俯いて数秒を待った後。

顔を上げ、カメラを――僕らをまっすぐ見て、言った。

『すまない。お前とショコラを日本に転移させたのは、僕だ。重い病にかかったお前を助けたくて……僕が融蝕現象を閉じて、家をこっちの世界に戻した』

その言葉が流れた瞬間、反応したのはカレンだった。

「え、あれは……」

驚いたように身を乗りだし、父さんのメッセージを遮りかける。

「カレン」

制止する母さん。

顔はディスプレイに向けたまま、穏やかな、しかし有無を言わさぬ口調で告げる。

「今は黙って聞きなさい」

「っ……はい」

カレンは姿勢を戻す。

ただ僕は、それどころではなかった。

「僕が……病気？　それを助ける？」

口の中でだけつぶやく。

そんなことがあっただろうか。

「そう、だ……」

記憶を手繰ってみて愕然《がくぜん》とする。

ある。覚えが、あった。

高熱に魘《うな》された苦しさの。

呼吸も上手くできず、ぜえぜえと喘《あえ》いでいたつらさの。

混濁した意識の中、手を握ってくれていた母さんの――。

『翠、お前がどこまで覚えているのか、どこまで思い出しているのかはわからないから、改めて最初から説明しておく。お前のかかった病気の名前を「神の寵愛《ちょうあい》」という』

父さんのメッセージビデオは続く。

その声に、僕は全神経を集中させた。

『いま翠たちのいる異世界《そっち》には、魔術がある。魔力を変換して森羅万象を創造し操作する、科学とは別の力だ。魔術を行使するためには魔導器官という臓器が必要となる。生物の体内、同座標別位相に存在する不可視臓器……まあ要するに、見えもしないし触れもしない内臓がある、と考えておけばいい』

数日前にカレンから聞いた。

彼女は説明があまり上手くないのであの時はなんとなくしか理解できなかったが、今ならわかる。魔術を意識して使えるようになったからだ。

僕の魔導器官《それ》が確かに動き、体内に魔力を巡らせているのを感じる。

『魔導器官は、子供の頃は未発達だ。だから幼い子供は上手く魔術が使えないし、中途半端に身体へ流れ込む魔力に酔って体調を崩すこともある。そして「神の寵愛」というのはね……魔力の飛び抜けて多い子供が稀《まれ》にかかる、重篤な魔力酔いだ。未発達な魔導器官が膨大な魔力をコントロールできずに暴走させ、身体を蝕《むしば》む。ほぼ確実に死に至る、不治の病なんだよ』

「あれ、が……」

覚えているのは、苦しくてつらくて、意識が朦朧《もうろう》としていたこと。

母さんに手を握られて、父さんに励まされ、心配そうに見ているショコラと、泣きじゃくるカレンがいて――そして気が付いた時には、もう。

その病が治った時、僕は既に日本にいて。

異世界で暮らしていた記憶をまるごと失っていた――。

『神がおのれの愛した子供を連れていく。だから「神の寵愛」。地球でも似たような言い回しはあるね。違うのは、こっちじゃそれを早逝した慰めとして使うのに対し、そっちでは実際に存在する病気だってことさ』

「魔力の多い子すべてが『神の寵愛』を受けるわけじゃないの」

母さんが動画の再生を一時停止し、補足を入れた。

「ほとんどの場合、子供の頃に少し病気がちになる、ってくらいで済むわ。現にお母さんはかからなかった。カレンもよ。本来、魔力の生まれつき多い子は魔導器官の発達も早くて、すぐに順応するの。だから本当に稀な病気……でも、スイくんは」

――いえ、この先のこともきっと、お父さんが説明してくれるわ。

母さんはそう続けると、動画の一時停止を解除する。

父さんが再び動き始めた。

『翠。お前が病気になったのは、僕とヴィオレ――父さんと母さんのせいなんだ。何故なら僕は、魔力の飛び抜けて多い異世界人で……母さんは異世界でも指折りの「魔女」だったから。

そんな僕と母さんの息子であるお前は、生まれた時からとんでもない魔力を持っていた。魔導器官の発達がとても追いつかないほどに。それに、あるいは……魔導器官の発達が遅かったのも、父親の僕が異世界人だからかもしれなかった』

「……そんなに？」

「ん。スイの魔力量は、ヴィオレさまよりも多い。たぶん世界最高レベル」

「わお……」

自分じゃちっともピンと来ない。

でもそのせいで、僕は死にかけた――いや、実際に死ぬはずだった。

『母さんも、それにまだ七歳だったカレンも、お前を救う方法を手を尽くして探してくれていた。だけど元々、不治の病とされていたものだ。成果はろくにあがらない。なのにお前は日に日に弱っていく。僕は僕で、地球の知識と技術の中にどうにか手掛かりがないかと模索したが……僕の持つものを総動員しても、どうすることもできなかった』

それでも僕は、こうして生きている。

不治の病にかかって、死ぬ運命だったものが覆っている。

なぜか。

『僕は焦っていた。お前を救うことばかりをずっと考えていて、お前を救いたいとずっと願っていた。そしてそれは、僕の魔力に作用して……意図しないところで、魔術が発動してしまった。時空魔術の因果操作――境界融蝕現象を閉じて、この家を元の世界に戻すというものが』

父さんの起こした行動により。

無意識で発動させた魔術により。

『それは、ヴィオレとカレンが家を留守にしていた時に起きた。制御できるものでもなかった。家にいた僕と翠、それとショコラだけが日本に戻され……いや、戻ったのは僕だけで翠とショコラは来たというべきだが。ヴィオレとカレンは、取り残されてしまった。僕によって、家族は離れ離れになった』

僕はあっちの世界に行くことになって。

家族も、会えなくなってしまって――。

『お前も知っての通り、地球……こっちの世界に、実用可能な技術としての「魔術」は存在しない。その理由は魔導器官だ。こっちの世界の生命体は魔導器官を有していない。正確には、持ってはいるが自分の魔導器官と身体の位相を繋ぐことができない、か。これが何故なのか、僕はひとつの推論を得たが――ヴィオレ、きみも知りたいと思うだろうからあとで語る。ともあれ、地球に来たことで翠の病は治った』

「そう、だったのか」

僕の知らなかったこと。

僕に、知らされなかったこと。

『ただ問題は、僕らが再び異世界《そっち》に帰る手段も失われたことだ。こちらの世界では魔導器官との位相接続が解除され、魔力を感知できなくなる。どんなに莫大《ばくだい》な魔力をその身に宿していようとも干渉することができず、自分の意志で魔術を発動させることもできない。もちろん、その状態になることこそがまさに翠の命を救う解決策でもあったんだが……同時に僕の魔導器官も位相喪失したことで、帰還の手段もなくなってしまったんだ』

「僕の、せいで……」

僕が病になったから、家族は離別した。

家族との離別と引き換えに、僕は死なずに済んだのか。

「スイ」

「くぅーん」

カレンが、ショコラが、僕の心情を察してそれぞれ気遣ってくれる。

そしてその優しさは、彼女たちだけからではなかった。

見計らったように少しだけ間を置き、父さんは続けた。

『いいか、翠。よく聞け。お前の命を助けたいと願うのは、家族みんな一緒だった。僕も、ヴィオレも、カレンも、ショコラも。お前を助けたかった。お前を守りたかった。お前に生きていて欲しかった。……特に僕とヴィオレは、お前の親だぞ。お前の命が助かるなら、なにを引き換えにしても惜しくはない。父さんは、きっと母さんも……お前の命が助かったことを後悔したことなど、一度もない』

　十三年間も会っていない母さんの気持ちも、一緒に断言する。

「ええ、そうよ」

　母さんが力強い声で頷いた。

　画面の向こうの父さんと、見つめ合いながら。

「親なんだもの。たとえ離れていたって、会えなくなって、その想いはふたりとも同じ」

『その後のことはお前も知っての通りだ。異世界に帰れなくなった僕らは、日本での生活を始めた。幸か不幸か、お前は五年間の記憶をほとんど失っていた。……おそらく、異世界《そちら》に帰って再び魔導器官との接続が復活すれば、記憶は戻っていくだろう。今これを見ているお前がどれだけ思い出したのかはわからないけど、まあ、幼い頃のことさ。どのみち全部は無理だろうから、気楽に考えていていい』

　確かに、あっちの世界に転移した前後のことなんてまるきり覚えていないし、今でも思い出せない。ただ、父さんとふたりで引っ越しをしたことは思い出した。山奥にあったこの家から、もっと人の多い市街地の家へ——バスと電車を乗り継いで。

『この家に住み続けるかどうかは随分と悩んだ。暮らしていればひょっとしたらいつかはまた奇跡が起きて、そっちに転移できるかもしれない。でも、日本でのこの家は元々、すごく山奥にあってね……ああ、再転移でも座標は変わらず、元の場所に戻ってきたんだ。この事実はヴィオレ、きみの研究に役立つだろう』

父さんは笑う。

カメラの前にはいない、けれど今は目の前にいる母さんへ、いたずらっぽく。

『再びそちらへ行けるかどうかは当時の僕にはわからなかった。意図的に融蝕現象を起こす方法も条件も不明だった。だけど、翠には翠の人生がある。異世界に戻れないのなら、ひとりの日本人として生きていく必要がある。だからこの家を出て、街中へ引っ越した。こっちの世界の社会と常識に合わせて、翠を育てた。……そうだ、生活基盤を整えるのと翠の学費に、家にあった財産を充てさせてもらったよ』

うちは父子家庭にしては裕福だった。

父さんが高給取りだからだと思っていたが――そんなに残業もなく、僕が寂しく感じない程度には休みも取っていて、おまけにけっこうな貯蓄もできていたのは、よくよく考えるとおかしい。日本円に換算できるなにかが、我が家にはかなりあったのだろう。

そんなことを考えていると、画面の中の父さんが顔付きを変えた。

姿勢を改めながら椅子に座りなおし、背筋を伸ばし、

『……さて。前置きはこのくらいでいいかな』

深呼吸をひとつしたのち、話を再開する。

『翠、お前は不思議に思っただろう。どうしてこの家にいろんな備蓄物資があるのか。どうし

て僕が転移の準備を整えていたのか。どうして僕が、再度の融蝕現象が起きることを……僕がいない状態で、お前とショコラだけが異世界に行くことを知っていたのか』

そして、続いた父さんの言葉に。

僕らは全員、一様に息を呑む。

『一年前、ある代償とともに、僕に魔術が再び発動した。……それは、未来を識《し》る、というものだ』

3

一瞬、父さんがなにを言ったのかわからなかった。

誰もが呼吸するのも忘れ、画面の中にいる父さんを凝視する。

父さんは居住まいをただして背筋を伸ばしたまま――静かに一度、息を吐く。

そうして、続けた。

『代償とは、病気だ。僕に癌《がん》が見付かった。……膵臓《すいぞう》だ』

「っ……スイくん」

思わず母さんが、動画を一時停止して振り返る。

「どういうこと？　お父さんは、事故でって……」

「そうだよ、事故だった」

僕も即座に応えた。

「家に帰る途中、オートバイに撥ねられて……僕は確認に行った。激しい外傷はなかったけど、頭を強く打ったって。死因は間違いないはずだ。あっちの世界の……日本の警察や司法は、そういうことに関して信用できる」

「癌は？　あちらでは治らない病気だったの？」

「治療が困難なもののひとつだよ。発見が難しくて、見付かった時には手遅れになっていることが多い。だけど、僕にはそんなのひと言も……」

言えなかった――言わなかったのか。

「……だったら、事故に遭ったのは偶然なのか？　治療の最中か、もしくは治療が難しいってなってた時に、たまたま無関係に事故が起きた？」

「かもしれないわね。でも……魔術を使えるようになった、っていうのは……」

「そもそも、未来予知なんてのが可能なの？　僕はその辺、よくわかってないんだけど……」

「可能ではあるわ。闇属性に分類されるものよ。スイくんの使っている家を守る結界がまさに、分類としては未来予知にあたるの。あれは『対象に被害が及ぶ』という短期的な未来を察知して発動する。もちろん、同じ闇属性のお父さんにも使えた魔術よ。でも……」

あの結界は、そうなのか。

ただ母さんが言《い》い淀《よど》んでいるように、父さんに発現したという魔術と家を守る結界とは、なにか質が違う気がする。

「続きを見よう。このままあれこれ言い合ってもたぶんなにもわからない。父さんならきっと、僕らにわかるように説明してくれると思うから」

「ええ、そうね」

　母さんがタッチパッドに指を這わせた。

　少しバーを戻して、再生。

『……えは不思議に思っただろう。どうしてこの家にいろんな備蓄物資があるのか。どうして僕が転移の準備を整えていたのか。どうして僕が、再度の融蝕現象が起きることを……　僕がいない状態で、お前とショコラだけが異世界に行くことを知っていたのか』

　確かにそれは不思議だった。

　家と倉庫にあった物資のあれこれは至れり尽くせりで、まるであらかじめ、僕らの異世界転移に備えていたかのようだった――そうとしか、思えなかった。

　やはり知っていたのだ、父さんは。

『一年前、ある代償とともに、僕に魔術が再び発動するようになった。……それは、未来を識る、というものだ』

その、魔術で。

『代償とは、病気だ。僕に癌が見付かった。……膵臓だ。発見が遅くて位置も悪く、手術は難しいと言われた。お前が今こうして僕のいないところでこのメッセージを見ているってことは、どうにもならなかったんだろうし、僕の病気をもう知ってもいるんだろうね。……ひょっとしたら、癌で死ぬ前になにかの事故でぽっくり逝ってしまってるかもしれないけど。ははっ』

「ははっじゃないんだよ……まさにそれなんだよ……」

ただこの口ぶりからするに、あらゆる未来を予知できたとかではないようだ。だったらこんな冗談は言わないし、そもそも事故になんて最初から遭わないだろうから。

『ここからは僕の推測だ。おそらく体内の癌……腫瘍が、魔導器官の代用となったんだと思う。告知を受けて何日か経ってからだった。僕はある日、不意に繋がったという感覚を得、そこから数時間、断片的に未来を観測し続けた。これは僕がそっちで持っていた力とも異質なものだ。闇属性にカテゴライズはされるだろうからその点は不自然じゃないんだけど……そっちで僕がやっていたのは、せいぜい数秒の短期予測だ。将来のことを識るなんて芸当、できやしなかったからね』

僕の溜息など知る由もなく、父さんは続ける。

『たぶん癌が成長する過程、その大きさや形状、位置……そうした条件が奇跡的に揃い、癌細胞が魔導器官と似た役割を果たしたんだろう。実際、魔力が体内に巡ったのはほんの数時間だけだった。しかも、そっちにいた時よりも遥かに細くて、制御もできなかった。発動した魔術もまるで質が違うものだ。それが偶発的に……いや、これは違うな、偶発的なんかじゃない。たぶん僕の強い思いによるものだ。僕の無意識が、死を前にしての願いが、そっちでは到底不可能な魔術を編んだんだ。……そう信じたい』

やや俯き、己の手を閉じたり開いたりする父さん。

最終的に拳を握り、

『見えたんだ、翠。……お前が、この家にいた。この家の畑を、楽しそうに耕していた』

それは、父さんが見た未来。

『お前のすぐそばで、成長したカレンがショコラと遊んでいた。ヴィオレが縁側に腰掛けてそれを見守っていた。……みんな、幸せそうだった』

取り返しのつかない病と引き換えに、だけどその病が起こした奇跡で——垣間見《かいまみ》た未来。

『白昼夢なんかじゃないという直感があった。それは僕が死んだ後にきっとある、未来の光景だと確信できた。……嬉しかった。嬉しかったなあ』

その笑顔は、なんの曇りもなんの迷いもなく。

家族の幸せを無邪気に喜ぶ、父親の顔で。

自分がそこにいないことなんかよりも、僕らが再会して笑っていることの方が遥かに大切だと——無言のうちに語っていた。

『とはいえ、未来が見えたから安心だとすべて放っておく訳にはいかない。僕は翠に今まで、そっちの世界の話なんてなにもしていなかったからね。……戻れるかどうかわからない中、お前は異世界の生まれだよなんて言えなかった。帰る未来がわかったからといって、そんな突拍子もない話をいきなりしても理解不能だろうさ。なにより、この家の転移先がまたネルテップの原っぱとは限らないんだ。……だからせめて、できる限りの準備をした』

自分も病気で、不安だっただろうに。

もう助からないと知って、怖かっただろうに。

『この家に物資を運んだ。生活に必要な消耗品、あっちで役立ちそうな書物、外の倉庫には農具やらなんやら……とにかく思い付く限りは揃えておいた。部屋の掃除も、ふた月に一度はしているから綺麗なもんだっただろう？　家電は最新のものに入れ替えたけど、家具や内装は十三年前のままにしてある。ただ、それでも足りないものはあるかもしれない。不足があったらごめんな』

父さんはこの準備に、残された時のすべてをかけた。

僕らの未来のために駆けたんだ。

『融蝕現象でこの家があっちのどこと繋がったのか——お前たちがどこに転移したのか、僕は見ることができなかった。ひょっとしたらとんでもない魔境だったかもしれない。でも、ひどいことにはならなかっただろ？　母さんとカレンが、大急ぎで駆けつけてきてくれただろうから』

「……うん」

僕は頷いた。

画面の中にいる父さんに。

『そっちの暮らしも心配することはない。大人になって魔導器官も安定してるはずだ。父さんと同じ……いや、父さん以上の魔術が使えるよ。お前はすごい魔導士になるぞ。父さんと母さんの子なんだから』

「すごいかどうかはともかく、父さんと同じものを受け継いだよ」

『でもお前はその魔術をきっと、慎ましやかに使うんだろうな。魔術で誰かを傷付けたり、そっちの世界を害したりはしないだろう。……お前は優しい子に育ってくれた。母さんに、育て方を間違っただなんて謝らずに済む』

「うん。そうあろうと努力する。……僕は、あなたの息子だから」

そして――。

父さんは、笑った。

『翠。僕の……俺の息子に生まれてきてくれてありがとう。立派に育ってくれてありがとう。俺がこの世に生まれてきた意味は、お前の中にある』


朗らかに、いつもみたいに。

この煮付け美味《うま》いな、と、夕飯で僕を褒めてくれるのと同じ顔で。

だから、僕は——僕も。

涙を必死でこらえながら、その笑顔に、いつもみたいに返した。


「……そうでしょ？　けっこう頑張ったんだよ」

4

『さて。ここからは少しだけ、母さんが興味ありそうな話をするよ』

説明すべきことは終えたとばかりに肩の力を抜きながら、画面の中の父さんは穏やかに笑む。

改めてよく観察すれば、少しやつれているようでもあった。

病気だったなんて聞いてしまったから余計にそう見えるのかな。益体のないことを考えながら、続きを待つ。

母さんは――父さんとは逆に、少し身を乗り出していた。

『境界融蝕現象についてだ。異世界《そちら》の歴史において、過去に幾度となく起きていたもの。地球の一部が、そっちの世界に転移してくる現象。……たとえば人ひとり、たとえば数名の人間、たとえば家一軒。大きい時には学舎の同じ教室にいた数十名なんてのもあったそうだね。そして転移してきた人間は総じて高い魔力を持ち、社会に貢献、発展に寄与、悪い時には混乱と戦乱を巻き起こした』

僕は驚く。

父さんや僕みたいな人が、過去にもいたのか。

『そっちにいた時から不思議には思ってたんだ。何故、融蝕現象が起きるのか。何故、地球にいた人間は高い魔力を持っているのか。僕はふたつの世界を往復した、たぶん初めての人間だ。そして腫瘍によって偶発的に、こちらの世界で魔術を使えた人間でもある。その経験と直感からの推論だが……おそらく地球は――異世界とは比べ物にならないほど、魔力に満ちている』

「あ……まさか」

母さんがなにかに気付いたように、声をあげる。

『魔術が使えないということは魔力そのものがない世界なんだろうと、誰もがそう考えていた。だけど、逆だ。この星はほぼ全域が、そちらでいう魔力坩堝《るつぼ》なんだ。だからなにかのはずみで魔術が――「世界を繋ぐ」なんて大規模な魔術が稼働してしまい、そちらへ行くことがある。

だからこっちで生まれ育った人間は、その身に高い魔力を宿している。そしてだからこそこっちの世界の生物は……魔導器官との繋がりがない』

「星全体が魔力坩堝であるなら、あらゆる生物が変異種になってもおかしくない。でも……」

『超高濃度の魔力から身を守るためだろう。進化の過程なのか最初からなのか、神の采配かはわからないが……この星の生命は、高濃度で吹き狂う「魔力」というエネルギーを、知覚しない道を選んだ。知覚してしまえば影響される。影響されれば変異種になる。変異種になれば、未来はない』

「そう、だったのね」

『翠とショコラは十三年間こっちで暮らした。たぶん魔力量も魔導の才も、相当に強化されてるはずだ。だから俺みたいに……いや、俺以上に、面倒なところから目を付けられるかもしれない。きみが守ってやってくれ、ヴィオレ』

「心配しないで」

母さんはそんな父さんに、笑顔で返した。

「この十三年で、私は『鹿撃《しかう》ち』の位を得たわ。だから大丈夫」

しかうちのくらい、ってなんだろう。

なんだかすごく物騒なやつの気がする。しか……鹿？

古代の中国で、皇帝の座を鹿に喩《たと》えることがあった気がしたけど——いやまさか。

母さんの横顔がやけに獰猛に見えたが、気のせいだろうと思いたい。

『世界をまたいでも、なぜ言葉が通じるのか。転移にまつわるあらゆる不条理と矛盾に、なぜ世界は辻褄を合わせてしまうのか。こっちでも同じだった。翠の出生届なんて、あっさり受理されちゃった。僕が十年間行方不明になっていた件も、世間にそれほど違和感なく受け入れられた。そっちの世界では「修正《リペイント》」と呼ばれていた力だが——地球が凄まじい濃度の魔力で満ちていることと関係があるのかもしれない』

そこまで語って、父さんは。

『まあとにかく』と。

世界についての考察と推察を終えた。

そこから十秒ほどの沈黙がある。

目を閉じて気持ちを切り替える父さんの姿が、無音で映る。

やがて瞼《まぶた》が開き——穏やかな、とても穏やかな笑顔とともに。

『……そろそろ、別れの挨拶をしよう』

父さんの最後のメッセージが、始まった。

『まずは、僕からみんなにプレゼントがある』

涙はなく、憂いもなく、自分の運命を受け入れた表情で、

『机の引き出しと、あと庭の倉庫に入ってる。翠には、僕がそっちで使っていた剣をもらってほしい。銘は「リディル」。少し癖があるけど使いこなせれば最強だ。なに、僕なんかよりも上手くやれるよ』

「もう使わせてもらってる。ありがとう……名前はどうかと思うけど」

僕の返事を聞くかのように沈黙を置いて。

今度は、

『カレン』

名を呼ばれ、カレンは弾かれたように目を見開いた。

『きみにはブレスレットだ。こっちの世界の純銀で造ってある。高濃度の魔力で満ちた場所で産出された純銀……意味はわかるね？　そっちの世界じゃ、とんでもないクラスの魔導銀《ミスリル》さ。好きな術式を付与するといい。この部屋の引き出しに入れてある。ちなみに、同じデザインのものをもうひとつおまけで入れているから……きみのいちばん大切な人にあげなさい』

「ん。おじさま、ありが……」

『カレン。魔術で少ししか垣間見ることができなかったけど、綺麗になったね。きみの実の両親……ルイスとエクセア、ふたりにそっくりだ。でもねカレン。きみの両親、僕らの親友たちに悪くて言えなかったけど。僕とヴィオレは、きみのことを本当の娘だと思ってるよ。……

きみの誓いは知ってるから、今じゃなくていい。いつかきみに「お父さん」と呼んでもらえる日を、待ってるからね』

「っ、あ、ああ……おじさま、うう、あああっ……！」

ついにカレンが耐えきれず、子供みたいに泣きじゃくり始めた。

僕はせめて彼女の手を握る。握り返してきた強い力に、負けないよう。

『ショコラ。こっちの世界に連れてきちゃってごめんね。でも、ずっと翠を守り続けてくれてありがとう。お前にもプレゼントがある。首輪に飾れる純銀のアクセサリーだ。ヴィオレに加工してもらうといい』

「わん！　わんわんっ！」

ショコラが僕の膝の上から飛び降りて、パソコンの置いてあるデスクに前脚をかける。

「くーん……くぅー……」

喉を鳴らし、父さんの映像に向かって、撫でてもらおうと頭を差し出す。

『……よしよし。これからも、翠やみんなをよろしくな』

父さんはカメラに向かって手を伸ばし、ショコラを撫でる仕草をする。

未来予知なんかじゃない。確信しているのだ——ショコラが絶対にこれを一緒に見ていて、ちゃんとこいつに想いが伝わることを。

だってその手付きは。

下から顎を撫で、そのまま頬を掻き、最後に頭をわしゃわしゃとするのは。

ずっとずっと、毎日のように繰り返されてきた、父さんのパターンだから。

『母さん……ヴィオレ』

ショコラを撫でる仕草をやめて再び姿勢をただした父さんは、その顔を父親のものから夫のものへと変える。

母さんも返事をした。

「はい、あなた」

そして。

そこから先はまるで、本当にふたりが会話しているようだった。


『きみには指輪を贈る。二十五年の銀婚式にはまだ早いけど、リングは純銀製だ。中央《センター》に翡翠《ジェイド》、その左右に紫尖晶石《パープルスピネル》と黒金剛石《ブラックダイヤ》を嵌《は》めている』

「スイくんの名前とカレンの色。私の色。あなたとスイくんの色。そしてリングの銀はショコラの色ね……まったく、どれだけ盛れば気が済むのよ」

『いいじゃないか。十三年分の愛の証だ、許してくれ』

「わかったわ、受け取ります。ありがとうあなた」

『代わりに結婚指輪は……わかってるね。僕のものも引き出しに入れてあるから』

「そんなこと言って。どうなるかわからないのよ？　ばか」

『あと、アルバムのフォルダに別の動画を入れようと思う。きみへの愛の言葉だ。ひとりで見てくれよ……恥ずかしいから』

「ほんと、ばかね……」


　しばらくの間、夫婦の時間が流れた。

　想いの通じ合った者同士の間に満ちる、あたたかで優しい空気。

　これを録画していた父さんも、時を越えてそれを感じていたのだろうか——。

　やがて父さんが軽く頷き、母さんはそれに頷き返し。

　父さんの顔は再び、父親のものとなった。

『最後に、みんなへ。ひとつだけ頼みたい。……僕の髪をひとふさ、プレゼントと一緒に引き出しに入れてある。庭の片隅にでもいいから埋めて欲しい。遺骨がどうなってるのかはわからないけど、まあ忘れてくれ。本人が言ってるんだから本当に気にしなくていいぞ。僕の魂は遺髪と一緒に、そっちについていくつもりだ』

　僕の心に澱《おり》のように引っかかっていた未練《もの》を、振り払ってくれてから。

　父さんは満面の笑みを浮かべ、拳を突き出した。

『いい人生だった。悔いはない。……親を早くに亡くした僕に、きみたちは山ほどの幸せをくれた。思い出すすべてが和やかで、輝かしい。僕の名前通りの人生だったってことだ。だからこれからもずっと、僕の心はきみたちと共にある』

その拳が開かれて、ひらひらと手が振られ。

最後のメッセージとともに、動画は終わる。

『じゃあね、ヴィオレ、翠、カレン、ショコラ。みんなを愛してる』

インタールード　自宅　居間

――そして、深夜。

物音がしたような気がして、カレンは目を覚ます。

目を擦りながら、布団から身を起こした。

客間は暗闇に包まれていて、部屋の中はしんとしている。

だが廊下を挟んだ向かい――リビングに人の気配があった。襖《ふすま》を開けるとガラス戸から薄い光が漏れていて、だからそっと中を覗き込んだ。

「……ヴィオレさま？」

そこには、リビングのソファーで膝を抱えるヴィオレの姿があった。

電気もつけずにそのままでいる彼女は、とうにカレンの気配を察していたのだろう。背中を向けたまま言う。

「灯りはつけないでもらえる？」

「ん」

返事をしながら、彼女の前に回り込む。

エルフは他人種よりも夜目が利く。なのでヴィオレが泣いていたのがわかった。テーブルの上にはノートパソコンが開かれている。ガラス戸から漏れていた光はこのディスプレイのものだった。

「それ、おじさまの……？」

「ええ。あの人が私に残してくれた映像。ひとりの時に見ろって言ってたでしょう？　だから、ね」

「ヴィオレさま、だいじょぶ？」

「ええ、大丈夫よ。でも、スイくんには内緒にしててね。声で気付かれるかもしれなかったから、一階に下りて見てたの。代わりにあなたを起こしちゃったわね」

言いながら、すん、と鼻を鳴らすヴィオレ。

赤く腫らした目に加えて声は潤んでいた。

カズテルがどんな内容のメッセージを残したのかはわからないが、きっと自分やスイ、ショコラには決して見せられない顔と言葉だったのだろう。

どんな内容だったのかを尋くほど、カレンも無粋ではない。

「ヴィオレさま。お茶、飲む？」

「ううん、スイくんが起きてきたら……」

「冷たいやつなら騒がしくならないし、すぐ。麦茶がある。私も飲む」

「そう、だったらお願い」

コップをふたつ流しから取り、冷蔵庫を開けてお茶を注ぐ。テーブルに置いてヴィオレの横に腰掛ける。

ディスプレイのぼんやりとした薄明かりの中、ふたりは麦茶で喉を潤した。

カレンは耳を澄ます。廊下の向こう——二階からスイが下りてきそうな物音は、しない。

きっとショコラと一緒に、ぐっすりと眠っている。

「……ヴィオレさま。昼間の、おじさまの映像のことだけど」

「ええ」

ヴィオレは短く答える。

なにを問われようとしているのかをもうわかっているのだろう。何故ならあの時、カレンは思わず声をあげて——それを、他ならないこの人に制止されたのだから。

「私は、まだまだね」

コップを置き、静かに、けれど深い溜息を吐くヴィオレ。

「……ずっと。どんなふうに伝えればいいんだろうって悩んでいたわ。どんなふうに言えば、あの子は傷付かずにいられるのか。どんなふうに慰めれば、あの子は自分を責めずに済むのか……。優しい子に育ってくれているのはひと目でわかった。それに、あの時なにが起きたかを知らないってことも。だからなおさら、悩んだ」

カレンも同じだ。

『虚《うろ》の森』へ赴き、スイと再会して――。

その表情や様子から、ああ、彼は知らないのだなと思った。

覚えていないのではなく、知らない。

これは魔導器官の位相喪失による記憶の封印とは別の話である。なぜならあれが起きた日のスイは病状がかなり進行していた。意識が朦朧としていてもはや喋ることもできず、ただ魘されるだけ、そんな状態だったのだから。


そんな状態で、自分が無意識で魔術を発動したことなど。

理解できる由もなく、覚えていられる訳もない。


「悩んで悩んで、答えが出ないままここに着いたわ」

十三年前。

ヴィオレとカレンが、せめてスイの熱覚ましにと高価な薬草を仕入れて家に帰ってきた時。

既にあの家はなく、原っぱはがらんとしていて、そして辺りに色濃く満ちていたのは――スイの魔力だった。

父親のものではなく、息子の魔力だったのだ。

でも、

「――でも」

パソコンの中に残したメッセージで、カズテルは。

「それをあの人は……全部。ひとりで背負って、持っていっちゃった」


ひとつだけ、嘘をついたのだ。

境界融蝕現象を閉じたのは自分だ、と。


「ずるいわね。きっと、ずっと前から考えてた嘘《やつ》よ。スイくんが傷付かないように、自分を責めずにいいようにって。まあ、当然よね……スイくんがどんなに優しい子なのか、一番知ってるのはあの人だったんだから」

「でも、ヴィオレさま。スイはいつかきっと」

「ええ、気付くでしょうね。あの子が身に宿した魔力は大きい。存分に使いこなせるようになれば、それができると知るでしょう。そしてできることがわかったのなら、あの時になにが起きたのかを悟るでしょう」

そこでヴィオレは、カレンに向き直り。

カレンの頭を、そっと撫でて言う。

「ただそれは、今じゃなくていいのよ。ずっと先、スイくんの悲しみが癒えた後でいい。私たちの……お父さんの想い《うそ》を、笑って受け止められるようになってからでいい」

だからカレンは目を閉じて、ヴィオレに身体を預ける。

魔導の師にして家族との再会を待つ同志であった彼女は、目的が達せられたいま、育ての母として——カレンの肩を優しく抱いてくれる。

†

「ね、ヴィオレさま」

「なに？　カレン」

「私もいつかその時が来たら、スイに謝れるかな？　あの時のこと、スイはまだ思い出してない。……でも思い出したら、私、ちゃんと言わなきゃ。ごめんなさいって言わなきゃ。だってスイの病気があんなに進行したのは、わたしを……」

「ばかね。ずっと何度も言ってきたでしょう？　あなたはなにも悪くない。だから謝る必要なんてない。……でも、そうね。謝るんじゃなくて、お礼を言いなさい」

「お礼を？」

「そう。ありがとう、って。助けてくれてありがとう、って」

「ん、……できるように、がんばる」

エルフの娘は育ての母に抱かれ、その胸に顔を埋めた。

エピローグ ✦ 家族の話が、ここから始まる

1

——父さんのメッセージビデオを見てから、一週間が経った。

僕ら波多野家は『虚《うろ》の森』の深奥部、世界有数の危険地帯にあって、なのにめちゃくちゃ平和に暮らしている。


生活はけっこう便利になった。

母さんはあの日、着替えを始めとした様々な物資を背嚢《リュック》いっぱいに詰めて持ってきてくれた。

足りないものは依然としてあるしそのうち街へと補給に行かないとねと話してはいるが、少なくとも喫緊で頭を抱えることはなさそうだ。

庭先——本当は石垣の外だけどもう実質的にうちの敷地だから庭先でいいや——の解体場も、

八割は整ったといったところ。母さんが持ってきてくれた工具のお陰で作業台も完成したし、周囲の整地も終わった。あとは滑車があればハンガーフックができて、それで十割だ。

「さすがに滑車は思い付かなかったわ」とは母さんの弁。そりゃそうだ。父さんも思い付いてなかったしね。

それと、この一週間で起きたことといえば——。


ビデオを見てから二日後くらいに、カレンから改まって尋かれた。

食事の後片付けをふたりでしている時だ。

「スイ。スイは……このままこっちで暮らすことに、問題はない？」

「え、どういうこと？」

カレンの怖《お》ず怖《お》ずとした態度は珍しかった。いつもは淡々と、飄々《ひょうひょう》としているのに。

「あっちの世界で、スイは学舎に通ってた、よね？」

「うん、卒業した後だったけど」

「大学に行く予定だった、よね」

「そうだね、一応」

「その……スイは向こうで、十三年、生活してた。友達とかもいたと思う。それに、もしかしたら、その……好きな人とかは、いたの？」

そこまで聞いて、カレンが躊躇《ためら》っていたことの意味に気付く。

加えて——彼女の優しさと気遣い。

それに母さんがソファーに座ったまま聞き耳をたてていることも。

だから僕はまずは皿洗いを終え、カレンを促して母さんのところへ戻り、三人でソファーに腰掛ける。

僕は、かつて父さんの定位置だったL字の短い部分に座った。

「あっちに心残りがない訳じゃないよ。住んでいた家のこととか、父さんの遺産が入った貯金通帳のこととか、いろいろお世話になったお隣の樋口さんのこととか。ゲームに本に音楽、娯楽の大半がもう手に入らないこととか。父さんはああ言ったけど、やっぱりお骨が気にならないかといえばそりゃあ気にはなるし。向こうには友達もいた。心配とか迷惑とか、かけてるだろうな」

僕は「でも」と、続ける。

「たぶん僕は、あっちでずっと……心の奥底、頭のどこかで『自分の居場所はこの世界じゃない』って気付いていたんだと思う」

少しそわそわしながらぎゅっと拳を握るカレン。

静かに聞き入る母さん。

母さんの足元で丸まってあくびをするショコラ。

ふたりと一匹《さんにん》を順番に見て、

「夢やりたいことみたいな、将来への具体的な展望があった訳じゃなかった。大学だって『そこそこのところに就職できるように』なんて理由で選んだ。友達だってそうだ。確かにそれなりの数はいたし、二度と会えないって考えたら寂しくはあるけど、なんていうか……広く浅くを地でいってたな。僕がいなくなったことで人生が変わっちゃうような奴は、たぶんいないよ」

改めて自分の気持ちを意識しながら、僕は言った。

「それに、好きな女の子もいなかった。なんだか、誰ともそんな気になれなかった」

単に恋愛ごとに興味のない質《たち》だと自分では思っていた。

けれどたぶん、違う。

僕の心のその人は日本へ行く前から、もうとうに決まっていたんだ。

「だから、大丈夫。僕はここで生きていく。僕の生まれた世界であるここで。家族であるみんなと一緒に、生きていくよ」

「……スイ」

カレンは感極まって僕の胸に飛び込み、それを僕は受け止める。

あやうくまたキスされそうになったけどどうにか止めた。それはまだ早い。

いやもういいだろ受け入れろそしてその先も期待しろと僕の中の悪魔が囁《ささや》いてくるけど、まだなにかこう――あと少しだけ、パズルのピースが欠けている感じがあるんだ。そうじゃない、そうなるとしても、そういう始まり方じゃない、と。なんだろうねこれ。

2

母さんが持ってきたものの中に縫い針と糸、つまり裁縫道具があって、確かにこれは僕が思いつきもしなかったものだやっぱり母さんはお母さんなんだなあなどと思いつつ、針を一本だけもらって釣り針に加工してみた。

家から歩いて五分ほどの近くに、川が流れていたのだ。

釣《や》ってやんよ。きっと森の中で人もいないからスレてない。人間さまにひれ伏すがいい。針に返しがないけどなんとかなるだろう――そんな期待を込めてショコラとふたりで意気揚々と出掛けていったが、まったくもってだめでした。糸はぴくりともせず、餌はいつの間にかなくなり、魚影だけがすいすいと僕の視界にちらつき続ける。

そして小一時間ののち。

「わおん！」

もう飽きちゃった。そんなひと吠えをあげてショコラが川に飛び込んだ。水に潜っていき、姿が見えなくなったと思ったら、そこから立て続けに魚たちが水面へと打ち上がる。川岸にぼたぼたぼたと、四匹が落下したところで、最後にばしゃーん！　とショコラが浮上した。

「わんっ！」

ぶるるるるると身を震わせて飛沫《しぶき》を散らし、嬉しそうに吠える。

僕はその飛沫をまともに浴びながら、大きく溜息を吐いた。

「お前は本当に、優秀だよ……」

3

ぴったり家族と同じ数の魚を釣果（釣ってはいない）として、家に戻る。

門を潜ると、縁側に腰掛けて、母さんとカレンがアルバムを見ていた。

僕があっちに行ってからの十三年間を撮影し、印刷したもの——なんで書斎にこんなものがあるんだと、見付けた日は首を傾げたけれど、母さんもカレンも、十三年間の空白を埋めるように何度も何度もそれを見ている。

「ただいま」

「お帰りなさい。釣れた？」

「釣れなかった。でも、ショコラが獲ってくれたよ。今夜はこれを焼いてみよう」

「まあ、えらいわねショコラ」

「わう！」

ショコラを撫でて褒める母さんの左手、薬指には指輪がある。

菫《むらさき》と黒、それから翠《みどり》の宝石があしらわれたそれは、父さんから贈られたものだ。

母さんはたっぷり五日をかけて、それにいろんな魔術を付与した。僕は『不滅』の特性が欲しいとかで少し手伝わされた。よくわからないままにやったけど成功してしまって、完成した品を見てのカレンいわく「あれはやばい。国宝が霞むほどの魔導補助具になってる」とのこと。

こわい。

撫でられて尻尾を振るショコラの首輪にも、銀色の飾りが組み込まれている。そっちは僕が指輪と同じ『不滅』を特性付与しただけであとはなにもしていない。ショコラの持つ光属性は無属性とも言われていて、だから特別なことをせずともショコラの力を増幅してくれるだろうとのこと。なんだこの、はじまりの村で最強装備が手に入ったみたいな感じは。

「カレン、冷蔵庫に入れてきてくれる？」

「ん」

母さんの頼みにカレンは頷き、僕から魚を受け取って立ち上がり、家に入っていく。その手首にはまだ、ブレスレットが着けられていない。

それはひとえに父さんが最後に残した言葉によるものだ。

――同じデザインのものをもうひとつおまけで入れているから……きみのいちばん大切な人にあげなさい。


彼女が誰にそれを渡すつもりなのかがわからないほど、僕は鈍くない。

けれどやっぱり、まだもう少し、まだ始まっていない、そんな気がするんだ。きっとカレンもわかっているのだろう。まだ、受け取ってほしいと言ってはこない。

革帯が手に入ったので、腰に提げるようになった『リディル』の柄を撫でながら思う。

正直、僕にもなにか新品のプレゼントが欲しかったと――ほんのちょっぴりだけど、拗《す》ねたくなるような気持ちがあった。

けど、違ったんだな。僕だけ特別に、ひとつ多く用意してくれてたんだな。


カレンに魚を渡して、縁側の奥、庭の片隅へ行く。

そこには両手で抱えられるくらいの石がひとつ安置されている。

今は摘んできた花を置いているだけだけど、いずれ周囲には花を植えて、石もちゃんと加工したものに取り替えるつもりだ。

その前に立って、僕は言う。

「ただいま、父さん」

4

倉庫に行って鍬を持ち畑仕事を始める。

プランターで育てているトマトを植え付けする時のため、土を作っておくのだ。

トマトは育てるのが難しいらしいから試行錯誤になるかもしれないが、それもまた一興かな。

「まずはカルシウム不足を防ぐために石灰を撒いて耕す、と……」

畑を前に思案する僕のすぐそばで、カレンがショコラと戯れ始める。

「ショコラ、お座り、お回り、お手、ジャンプ」

「わう、くーん……わうわう！」

「うまいうまい。次はお手、お座り、ジャンプ、ジャンプ」

「わうっ！」

母さんは無言で縁側に腰掛けて穏やかに微笑み、僕とカレン、それにショコラを見守っている。傍らに置いたアルバムを、愛《いと》しげに撫でながら。


畑に鍬を入れた。

今日この日の光景が、父さんの予知したものなのかはわからない。

だから僕らは、何度でもこの日常を繰り返すよ。
かつてあなたが見たっていう未来と僕らの現在《いま》が、ちゃんと繋がるように。

インターミッション ✡ 山脈にて

——そこは、山の中だった。

ソルクス王国、北東グレゴルム地方『虚《うろ》の森』中層部。

陸を大きく抉《えぐ》る内湾を北側に臨む山脈群のひとつ。

中腹の斜面を切り拓いて作られた集落があった。牧草地に家畜を飼い、海に出ては魚を獲り、自給自足で穏やかに暮らす、人ならざる者たちの集落だ。

斜面の最も高い場所、集落の全景を見下ろせる場所に穿たれた洞穴には、集落の主が棲まう。

その洞穴の前で——彼は長い首をもたげ、怪訝《けげん》そうに頭を傾げた。

「……この魔力、覚えがあるな」

言葉を洩らした口は長く尖っており、合間には鋭い牙が並ぶ。

頭部に伸びた二本の角は荘厳な貌をして、傾げた首に伴ってゆらりと揺れる。

巨大な体躯、鋭い爪を宿した四肢、背を覆う甲殻めいた鱗、長く伸びた尾、そして背中に畳まれた雄大な翼。

集落の主――竜族《ドラゴン》の成体である彼は、その目を細めた。

角が感知した魔力は微かであるがびりびりと来る。これはつまり、遠い距離にあってなお存在感が伝わってくるほど強靭《きょうじん》であることを意味していた。

やがて彼は、魔力の波長からその持ち主に思い至り、ひとりごちる。

「懐かしい。これは『天鈴《てんれい》』殿の魔力ではないか」

理解した瞬間、竜は翼を広げた。

ばさりと大きく羽ばたかせた翼はしかし、ほんのわずかな風しか巻き起こさない。自身の周囲に纏う大気をその魔導で完璧に制御し、巨体に似合わぬ優雅な所作で、ふわりと宙に浮く。

「おい、儂《わし》は少し出てくるぞ」

洞穴の中へ向かってそうひと吠えすると、高く舞い上がった。

「……それにしてもあの『魔女』、いったいどうしてこんな森の中に？」

瞳にどこか愉快げな色を混じらせながら、竜は大気を裂き、空を駆ける。

森の深奥部――変異種の跋扈する地にぽっかりと建った、その家を目指して。

あとがき

初めましての方とそうでない方がいらっしゃると思います。藤《ふじ》原《わら》祐《ゆう》と申します。

本作は、小説投稿サイト『カクヨム』にて連載している作品を書籍化したものです。書籍化に伴い、細かな部分のブラッシュアップ、並びに書き下ろし、更には素晴らしいイラストとデザインが加わっております。カクヨムで読んでくださっていた方も書籍で初めて読んでくださる方も、ともにお楽しみいただける一冊になったと自負しております。

家族の話を書こうと思いました。昨年、二〇二三年の九月のことです。

思い立ってすぐに書き始めました。なんのプロットも構想もなく、古い物語のタイトルからストーリーを連想し、今風のアレンジ（異世界転移）を施して、あとは『犬を書きたい』という個人的な欲求をそこに混ぜつつ、行き当たりばったりでキーボードを叩《たた》きました。

ありがたいことにたくさんの方が読んでくださり、電撃の新文芸編集部さまの目に留まり、こうして一冊の本としてまとめることができた次第です。

主人公のどうしようもない喪失からこの物語は始まります。

ですが、ただその喪失を埋めるだけ、落ちた穴から這《は》い上《あ》がるだけ……みたいな物語にはしたくありませんでした。それではプラスマイナスゼロの物語にしかならないと思ったのです。

喪失を抱えたままでも、もっと前に進む。地面に這い上がってから更に階段を上っていく。そういうお話になっていればいいなと願います。

本作を上梓《じょうし》するにあたり、たくさんの方々のご助力をいただきました。

カクヨムで応援してくださった読者のみなさま。みなさんのお陰でこの本はできました。どうかこれから先も、見守ってくださると嬉《うれ》しいです。

担当編集の本山《もとやま》さん、荒木《あらき》さん、平井《ひらい》さん。人数が多いのはちょっといろんな事情があるのですがまあともかく、声をかけてくださったことから始まり、書籍としてまとめるに際し、たいへんなご尽力をくださいました。

素晴らしいイラストで世界とキャラクターに命を吹き込んでくださったしのさま。めんどくさいことを長々と書いたキャラ表を渡してしまいすみません。でもおかげで、僕の頭の中にしか住んでいなかった彼らが姿を、色を、魂を持ちました。

同業者の成田《なりた》良悟《りょうご》さんと東出《ひがしで》祐一郎《ゆういちろう》さん。カクヨム公開前、そして公開後もいろんなアドバイスをいただきました。とりわけ、成田さんには素敵な推薦文も書いていただきました。本当に心強く思います。はちゃめちゃに忙しい中ほんとありがとう。

あとは両親と、実家で出会い別れてきたたくさんの犬たちにも。この物語の根底には、自分が両親からもらったもの、犬との触れ合いが間違いなく存在します。常に十数匹の犬がいるような家庭環境でしたが、わんこに囲まれたいい少年時代だったなと思います。この本を両親が楽しめるかはちょっとわからないですが（ファンタジーに馴染《なじ》みがない気がするので……）、読んでみてくれると嬉しいです。

それからなにより、本書を手に取ってくださった読者のみなさま。本当にありがとうございます。この本があなたの人生の彩りにほんの少しでもなれたら嬉しいです。願わくばこの先、この物語の続きをまた手に取りたいと思ってくださるように。

最後に、本作とは直接の関わりはありませんが、先代の担当編集だった佐藤《さとう》さんへ。あなたのおかげで今、僕はここに立っています。

それではまた。

藤原祐でした。

母をたずねて、異世界に。
To Another World for Reunite with Mother
〜実はこっちが故郷らしいので、再会した家族と幸せになります〜
第2巻
2024年
5月17日
発売予定

電撃の新文芸

母《はは》をたずねて、異世界《いせかい》に。
～実《じつ》はこっちが故郷《こきょう》らしいので、再会《さいかい》した家族《かぞく》と幸《しあわ》せになります～

著者／藤原《ふじわら》 祐《ゆう》

イラスト／しの

2024年3月17日　初版発行

発行者／山下直久
発行／株式会社ＫＡＤＯＫＡＷＡ
〒102-8177　東京都千代田区富士見2-13-3
0570-002-301（ナビダイヤル）
印刷／図書印刷株式会社
製本／図書印刷株式会社

【初出】……………………………………………………………………………………………
本書は、カクヨムに掲載された『母をたずねて、異世界に。～実はこっちが故郷らしいので、再会した家族と幸せになります～』を加筆・修正したものです。

ISBN978-4-04-915569-3　C0093　Printed in Japan

ファンレターあて先
〒102-8177
東京都千代田区富士見2-13-3
電撃の新文芸編集部

「藤原 祐先生」係
「しの先生」係